中小学语文新课标推荐阅读名著（彩色插图版）

XIAOGONGZHU
小公主

谭旭东　主编

［美］弗朗西斯·霍奇森·伯内特　著

央美阳光　编绘

青岛出版社
QINGDAO PUBLISHING HOUSE

图书在版编目（CIP）数据

小公主/〔美〕弗朗西斯·霍奇森·伯内特著；谭旭东主编.—青岛：
青岛出版社，2019.2

（中小学语文新课标推荐阅读名著：彩色插图版）

ISBN 978-7-5552-7633-3

Ⅰ.①小… Ⅱ.①弗…②谭… Ⅲ.①儿童小说-长篇小说-美国-近代 Ⅳ.①I712.84

中国版本图书馆CIP数据核字（2018）第199613号

中小学语文新课标推荐阅读名著（彩色插图版）
小公主

书　　名	小公主
主　　编	谭旭东
著　　者	［美〕弗朗西斯·霍奇森·伯内特
编　　绘	央美阳光
出版发行	青岛出版社（青岛市海尔路182号，266061）
本社网址	http://www.qdpub.com
策　　划	张化新
责任编辑	满文萱
美术编辑	张　晓
制　　版	青岛艺鑫制版印刷有限公司
印　　刷	青岛新华印刷有限公司
出版日期	2019年2月第1版　2019年2月第1次印刷
开　　本	16开（710mm×1000mm）
印　　张	12
字　　数	150千
印　　数	1—15000
书　　号	ISBN 978-7-5552-7633-3
定　　价	29.80元

编校印装质量、盗版监督服务电话　4006532017　0532-68068638
建议陈列类别：儿童文学

让经典滋润心灵（代序）

· 谭旭东 ·

  青少年课余时间应该读什么？这是很多家长和语文老师困惑的问题，或者说，有不少家长和语文老师希望就此问题得到专家的指导。

  根据我的了解，针对这个问题，会有3种不同的回答：

  第一种是认为什么书都可以读，读杂书，甚至一些流行的、低级趣味的书也可以读。持这种看法的人不少，尤其是年纪比较大的一些作家往往喜欢这么回答。这样的作家通常是小时候家庭条件比较差，没什么好书可以读，只好看到什么书就读什么书。他们长大后，发现自己也没变坏，甚至还会写点儿东西，于是就想当然地对青少年说："其实，读点儿坏书也无妨。我小时候就读了很多坏书，不也没有变坏吗？"仔细想一想，这样的话是经不起推敲、不可以轻信的，因为他们没法告诉大家：有的人读了坏书，真的变坏了；或者说，读了坏书，浪费了可贵的时间。他们也许应该说：要是不读坏书，也许会更好。

  第二种是认为要读知识读物，读科普书，多学知识。持这种看法的人通常愿意买大量的科普读物、知识读物或者名人传记、博物类的书给孩子读，认为读书一定要学知识，把知识学习当成读书的第一要义。这种人，在孩子小的时候，特别喜欢让孩子背诵唐诗、宋词、诸子百家经典，也特别喜欢让孩子读拼音读物。他们把所读的书当作课本一样。我不反对读科普书，不反对读知识读物，但一味强调学知识并不正确，至少是没有理解读书到底是什么。其实，读书，先是有所感受，然后有所感悟，再有感动和理解。在理解的基础上，想象力张扬，精神得到舒展，思想得到提升。经历了这样的读书过程，读书自然就有了知识学习的结果。

第三种是认为要读经典名著。我比较赞成这种观点。青少年读经典名著，有4个好处：一是给语文学习奠基。童年的阅读是最初的语文学习。读书的最初阶段就读经典，起点高，起步好，早早接触到好的文字，对以后的语文学习和对文字的理解是非常有益的。一般说来，爱读经典，也读了很多经典的孩子，读写能力差不了，因为经典是最好的文字，理解了最好的文字，读和写就不算什么难事了。当然，经典和名著还有一点区别，即并不是所有的名著都是经典。经典是经过几代人的阅读和欣赏而留下来的好文字。但是，名著有的只是有名，或者在某一个阶段有名。有的名著是"时代经典"，不是"永恒的经典"。因此，一般说来，最好是读那些被时间检验过的经典。二是读经典名著是认识世界和感悟人生最有效的手段和方式之一。世界很大，也很复杂；人生也是五彩缤纷、纷繁多姿。一个人不可能事事都亲身实践，到实地去考察与学习，所以读书就是了解世界、社会和人生的好办法。简而言之，读书是一种很好的自我教育。三是读书丰富人的情感。每一个写书的人都是信任文字的，至少他认为文字可以表达他的内心，可以传达他的喜怒哀乐。因此，写作本身就是情感的传达，而读书就是与作者交流。读文学作品，尤其是读文学经典，很容易进入情境、体验角色，找到作品里的一个"我"——这就是情感共鸣。有了共鸣，读书也就变成了情感交流，就变成了心灵的洗礼。所以，爱读书、读好书的人情感会变得丰富，而且更富有爱心、同情心和悲悯情怀。四是如果将读书变成了一种生活习惯，那就意味着完成了向文明人的蜕变。一个文明人与自然人的最大区别，我想就是"腹有诗书气自华"的气质与素养。读经典名著，人会更优雅，更智慧，更文明。

2017年，我给青岛出版社主编了一套"世界文学名著简读版"（60册），很受读者欢迎。这次，我又应邀主编了本套中小学语文新课标推荐阅读名著彩色插图版（40册）。这套书包括了《老人与海》、《名人传》、《巴黎圣母院》、《八十天环游地球》、《列那狐的故事》、《野性的呼唤》、《白牙》、《爱的教育》、《简·爱》、《绿野仙踪》、《西顿动物故事集》等，它们有的是小说，有的是童话，有的是传记，有的是散文，有的是动物文学，有的是探案故事，可以说文体多样、主题多样、文化背景多样、创作风格也多样，读这些书的体验与收获自然也是多样的。

  这几年，青少年读物出版了很多，流行的读物五花八门，在校园里，"心灵鸡汤"类的图书也大有人读，这是令人担忧的。无论是从语文学习的角度，还是从个人心灵成长的角度，抑或是从培养全面素质的角度，最好读经典名著，而尽量不要过多地为消遣而读书。读流行书，和吃冰激凌与快餐类似，适当地体验一下，是无可厚非的，但长期读，甚至沉溺于流行读物，那就不合算了。青少年时代是人生最美好也最珍贵的阶段，多读经典名著，正是珍惜韶光的方式。新编的中小学语文教材已经在国内大范围地使用，语文学习发生了很大变化，那就是课文设计强调阅读与理解，而考试则强化了对阅读和写作能力的检测。因此，课外多读经典名著，自觉培养阅读理解力和写作能力，是非常必要的。

  我个人觉得：语文学习培养的就是读写能力，不读经典名著，怎么会有好的语言理解力？没有好的语言理解力，怎么会有好的语言表达能力呢？因此，读写结合是语文学习的核心，而读与写的能力是检验语文能力的标志。总之，提倡青少年读经典名著，是没错的。希望本套经典名著能够得到青少年读者的喜爱，并有助于他们快速提高读写能力！

2018年盛夏于北京

导 读

《小公主》是20世纪的优秀儿童文学著作,由美国著名女作家弗朗西丝·霍奇森·伯内特创作而成。它讲述了一个关于"逆境成长"和"美好心灵"的故事。

书中主人公萨拉之所以被称为"小公主",并不是因为她拥有华丽的衣裙、精致的玩具,过着仆从环绕的公主般的生活,而是因为她始终怀着一颗纯洁、善良的仁慈之心,在身陷逆境时也有坦然面对的勇气。

书中还刻画了多个典型人物:如唯利是图、精明世故的明卿小姐,她表面上严肃、有教养,但面对萨拉身份的转变却又表现出了其虚张声势、冷酷无情的行为本质;还有骄傲任性的拉比亚、温暖朴实的亚美、柔弱可爱的佩琪……这些个性鲜明的人物使故事更加鲜活灵动,引人入胜。

除此之外,作者在这部小说中展现了丰富的想象力。读者可通过细腻的场景环境描写穿梭于华丽温暖的公主小屋、简陋凄凉的阁楼陋室,与精美逼真的娃娃艾米丽共舞,倾听聪明顾家的老鼠美尔奇的吱吱叫声,与拉姆·达斯协作捕捉调皮的小猴子,甚至还可以进入萨拉幻想中的世界去探索一番……这些生动的场景不但突出了萨拉的形象特点,更为故事增添了童话和魔幻色彩。

前 言

　　《小公主》是由美国著名童话作家弗朗西斯·霍奇森·伯内特创作的儿童名著,主要描述的是克鲁上尉将7岁的女儿萨拉送到一所贵族寄宿学校生活的故事。因为萨拉家庭条件优越,学校的校长给了萨拉最好的待遇。萨拉在众人面前就像一个小公主。但是,父亲的突然离世改变了这一切,势利的校长立刻让萨拉从"小公主"变为了用人。这突如其来的变故并没有改变萨拉的内心。她虽然每天干着繁重的工作,被别人使唤,但是依然保持着乐观的心态,表现得像一个小公主。后来,克鲁上尉的朋友找到了萨拉,使她又过上了小公主一般的生活。

目 录

初到伦敦 / 1

一节法语课 / 19

结识亚美 / 25

安抚洛蒂 / 33

小女佣蓓琪 / 47

生日会 / 56

在阁楼上 / 79

洛蒂的探望 / 93

印度绅士 / 105

内心高贵 / 128

魔法师的奇迹 / 139

重获幸福 / 158

永远的小公主 / 170

初到伦敦

萨拉和父亲一起来到明卿小姐高级私立女子学校。这是父亲为她精心挑选的学校。接下来,父亲就要远行了,今后的日子萨拉就要在学校度过。她能适应这里的环境吗?

那是一个冬日,天气阴沉,浓雾笼罩着伦敦街头。虽说是白天,可路灯都亮了,商铺也像平日的晚上那样点燃了汽灯。

这时,一个样子古怪的小姑娘跟父亲一起坐在出租马车里,马车慢慢地穿行在大街上。

小姑娘两腿蜷缩,紧挨父亲坐着。父亲用一只胳膊搂着她。小姑娘凝视着车窗外路过的行人,大大的眼睛里透着若有所思的神情,忧郁的表情与她的年龄很不相称。

这种老气横秋的表情出现在12岁孩子的脸上都显得怪异,何况萨拉·克鲁只有7岁。可事实上,她总是沉浸在幻想之中,思考着一些古怪的事情。她觉得自己时时刻刻都在思索着大人的事情,好像已经活了很久很久。

此时,她正在回忆刚刚结束的海上旅行。她和父亲克鲁上尉刚从印度孟买回来。她回想着那条大船、船上来往的印度水手、在炎热的甲板上嬉戏的儿童，还有一些年轻的军官太太——她们老变着法儿逗她说话，笑个不停。

萨拉没想别的，却总觉得事情有些奇怪——自己一会儿在印度的烈日下，一会儿就到了大洋中，一会儿又坐着交通工具穿行在陌生的街道上。她对此感到迷惑、费解，于是向父亲靠得更近些。

"爸爸，"她低声说，声音很轻，像是耳语，并带有几分神秘，"爸爸。"

"什么事，小宝贝？"克鲁上尉搂紧女儿，凝视她的小脸问，"萨拉，你在想什么？"

"这就是那个地方吗？"萨拉小声问道，身子挨着父亲更紧了，"是吗，爸爸？"

这时，一个样子古怪的小姑娘跟着父亲一起坐在出租马车里，马车慢慢地穿行在大街上。

"是的,小萨拉,就是这儿。我们终于到了。"萨拉虽然只有7岁,却能感觉到父亲说这话的时候心里有些难过。

他们要去的地方是明卿小姐高级私立女子学校。这个孩子叫"萨拉·克鲁",她的父亲是莱福·克鲁先生——驻印度的英国上尉军官。

很不幸的是,萨拉刚出生,母亲就去世了,所以她对母亲的印象很模糊,甚至从来没有想念过母亲。她的父亲年轻、英俊、富有,一向疼爱她,是她世上唯一的亲人。她只知道父亲很有钱,因为别人这么说,他们这样说的时候还以为萨拉年龄小听不懂。她还听别人说,等她长大了也会很有钱。不过,她完全不明白"有钱"是什么意思。此前,她一直住在一座漂亮的房子里,看惯了众多仆

人对她行礼，称她"尊贵的小姐"，什么事都由着她。她有许多玩具、宠物，还有一个对她恭敬有加的保姆。她后来才慢慢意识到，这些东西只有富贵人家才有。然而，她知道的也仅限于此。

在她短短的人生里，只有一件事困扰着她，那就是有朝一日她要被送到"那个地方"去。印度的气候不利于孩子健康成长，因此一有可能，父母就把孩子送走——一般是送去英格兰上学。她见过别的孩子被送走，也听到过他们的父母谈论孩子们寄来的信件。她知道自己早晚也会被送走。虽然，有时候父亲说起有关海上航行和那个陌生国家的事会引起她的兴趣，但想到从此再也不能和父亲守在一起，她仍会感到十分难受。

"你就不能和我一起去那个地方吗，爸爸？"萨拉5岁的时候曾经这么问过，"你就不能也去上学吗？我会帮助你做功课的。"

"不会让你待很久的，小萨拉。"父亲这样回答，"你要去的是一座漂亮的房子。那里有很多小姑娘，你们可以一起玩。我会给你寄很多很多书。你会长得飞快，也许不到一年就会变成一个聪明的大姑娘，可以回来照顾爸爸了。"

她巴不得呢。为父亲照看家务，和他一起骑马，举行宴会的时候就坐在餐桌女主人席位上和他聊天，读他的书……那是世上她最喜爱做的事。要是非去英格兰的"那个地方"才能称心如意，那她就得下定决心去一趟了。她不太在意其他的小姑娘，只要有足够多的书，她就可以自娱自乐了。她喜欢读书胜过其他一切。她总喜欢编织美丽的故事，有时讲给自己听，有时也讲给父亲听。他和她一样喜欢那些故事。

"嗯，爸爸，"她轻声说，"既然我们已经来了，看来只好听天由命了。"

她说话这样老成，他禁不住笑了起来，亲了亲她。他自己丝毫不愿听天由命，不过他知道，这一点是不能说出来的。这个古怪有趣的小萨拉，活像个小人精，一向是他的好伙伴。想想等回到印度，走进别墅，却见不到小女儿跑出来迎接他，该是多么寂寞啊。想到此，他把她紧紧地搂在怀里。

与此同时，明卿小姐高级私立女子学校里，一群姑娘正聚集在学校的康乐室里，有的看书，有的聊天，有的摆弄自己的饰品。因为今天是星期天，大家都很轻松地干着自己喜欢的事。

忽然，有个女孩推门进来，大声嚷着："喂，大家听着，我有一个重大的消息要宣布！"

忽然，有个女孩推门进来，大声嚷着："喂，大家听着，我有一个重大的消息要宣布！"

屋里的叽叽喳喳声小了,有人问道:"是什么重大消息呀,洁茜小姐?"

"下午有好吃的点心吗?"

那位叫"洁茜"的女孩摇着头说:"你们知道吗?一位新同学就要来了。你们见过那位同学的房间吗?没有吧?快去看看吧。"

"咦,究竟是怎么回事?"大家的目光都带着探询。

"简直太豪华了!我们不都是两三个人同住一个房间吗?她可是一个人占有两个房间呢!一间是起居室,另一间是读书室。而且,里面的装饰也漂亮极了。无论是地毯、桌子、安乐椅,还是其他东西,样样都是最讲究的。那里还有窗帘和坐垫……简直像高级旅馆呢!"

洁茜说这些话时的神情仿佛是在报道头号新闻似的。

"啊,那真是太漂亮啦!"大家听了她宣布的消息,都睁大了眼睛相互对视着。

"洁茜,这是真的吗?"突然,从书架旁边传来尖锐刺耳的声音。大家回头一看,原来这个声音是名叫"拉比亚"的女孩发出的。她的手中拿着一本书,满脸不高兴地站在那里。

"当然是真的,拉比亚小姐。"洁茜回答得很肯定。但听得出,她有些害怕这位拉比亚小姐。

拉比亚是个富家女,经常穿着很考究的衣服。她有些小聪明,人长得也很漂亮。但是,她非常骄傲和任性,以学校的女王自居,谁要是不听她的话,她就会想尽办法欺负对方。因此,同学们没有不怕她的,要么敬而远之,要么极力迎合。尤其是小个子的洁茜,更是对她服服帖帖,简直像是她的女仆一样。

"拉比亚小姐,你要不要去看看?"洁茜发现她的脸色不好,小心翼翼地问道。

"那个房间在哪里？2楼还是3楼？"

"在2楼的尽头，就是那个没人住的'特别房间'嘛！"

"哦，是那个房间呀！"

拉比亚的脸色更难看了。她的眼睛里分明有嫉妒的火焰燃烧着。在全校同学中，拉比亚家里是最有钱的，校长也最看重她、喜

大家回头一看，原来这个声音是名叫"拉比亚"的女孩发出的。她的手中拿着一本书，满脸不高兴地站在那里。

欢她，所以她一直以来都以此为骄傲。可是，现在听洁茜这么一说，那位新来的同学可能比自己还有钱，而且明卿小姐也更看重那位同学。自己都没能得到的"特别房间"，居然让新同学单独占用了两间。

拉比亚心想：这事真不得了。她觉得自己在学校的地位已经被动摇了。突然，她把手里的书用力往桌上一扔，大声说："好，去看看！"

她气冲冲地走出康乐室。其他的女孩也都随着她鱼贯而出。

她们来到2楼的"特别房间"时，房门恰巧开着，两个女佣正忙着整理刚从百货店送来的许多东西。

看到那些堆成小山似的东西，拉比亚愣住了。她打量着室内精美的家具和漂亮的装饰，心里感到更加不安。

"哟，真漂亮！"

"这房间简直就像高级旅馆！"

站在她背后的女孩们连连发出感叹。

拉比亚故意冷笑着说："这只不过是暴发户的低级趣味罢了，土里土气的，一点也不高雅！"

她的语气太唐突，而且近乎暴躁。女孩们都愣在那儿，一声不响。对她们来说，与拉比亚作对简直比与校长作对更可怕。

"喂，我可以进来参观一下吗？"没等女佣回答，拉比亚就已经闯进房里去了。她假装参观的样子，趁别人不注意，敏捷地蹲下去，迅速将放在脚下的纸盒打开。只看了一眼，她的脸色立刻就变了。盒子里面装的是一件非常昂贵的貂皮大衣，这种大衣连她母亲都很少穿。

"噢……"拉比亚不禁惊叹出声。

能穿如此高贵外套的孩子，她的其他衣服又会是怎样的呢？

还有那些搭配的手套、皮鞋、袜子……噢，天哪！拉比亚已忍不住了。她故意装作满不在乎的样子，向女佣问道："喂，我问你，那个新来的人叫什么名字？今年多大啦？"

"嗯……大概有7岁吧。名字是……嗯……玛莉，那位小姐叫什么名字？"

"我一时也想不起来，只记得那是个非常可爱的名字哩！"另一个女佣想了想说，"噢，对了，是萨拉小姐，是萨拉·克鲁！"

"那么，萨拉小姐的家里是不是非常有钱？"这是拉比亚最关

她趁别人不注意，敏捷地蹲下去，迅速将放在脚下的纸盒打开。只看了一眼，她的脸色立刻就变了。

心的事情。

这时，女佣就如同谈起自己的事情一样起劲地说起来："是，是的，她家据说是个非常有钱的人家呢！她的父亲是驻印度的军官，拥有大笔财产，而萨拉小姐是他的独生女。只要是为了她，她父亲花费多少金钱都绝不吝惜。听说，为了她这次来学校读书，她父亲准备了好几万英镑哩！"

"什么？好几万英镑？"

"哇，那么多！"女孩们又发出了惊讶的叫声。

"连校长都说，她是这所学校开设以来最了不起的学生。"

"据介绍她到本校来的那位太太讲，光是跳舞的衣服，她就有10套哩！"

"明天还有一个法国女佣要来，是特地从巴黎雇来服侍她的……"

"哇！"女孩们听了，一时都惊叹不已，面面相觑。那确实是一位了不起的学生啊！她简直就像是童话里的公主一般。

拉比亚冷笑了一下，说："无论她多有钱，无论她有多少漂亮衣服，都是没有用的。因为她生长在印度，所以她的皮肤一定和印度人一样黑！"

"咦，为什么？她虽然出生在印度，但并不是印度人啊！难道白种人在那里出生也会变黑吗？"

"当然是啦！印度是个非常热的地方，而且是个落后的国家。我看，那孩子一定既没有教养，也不懂礼貌，就像是山上的野猴子一样……"拉比亚激动地说着，脸涨得通红。

虽然大家都知道她的心态，但是因为怕她，所以没有人敢说话。

"好了，我们走吧！"拉比亚说着，气冲冲地走出房间。大家耸了耸肩，悄悄地跟在拉比亚后面离开了萨拉·克鲁的房间。

五六点钟的时候，萨拉乘坐的马车终于驶进了昏暗的大院，停在中间的那座大房屋前。

那是一座虽大却晦暗的砖房，门上有块闪闪发光的铜牌，上面刻着清晰的黑字"明卿小姐高级私立女子学校"。

五六点钟的时候，萨拉乘坐的马车终于驶进了昏暗的大院，停在中间的那座大房屋前。

萨拉心里突然涌起了一股莫名其妙的担忧和厌恶。这大概就是人们常说的预感吧。

萨拉后来常常想：那座房屋和明卿小姐本人简直太相像了。它很有气派，陈设精良，但里面的东西没有一样不是怪模怪样的。就说那些扶手椅吧，里面就像藏了一副硬骨头；在大厅里，每件东西都是铮亮的，却又显得硬邦邦的；就连角落里那只高高的落地钟的圆钟面，看上去也像严肃地修饰过一样。萨拉和父亲被领进铺有地毯的客厅，连那里的椅子也是四方的，一只笨重的大理石钟被放置在同样笨重的大理石壁炉台上。

萨拉在一把硬邦邦的红木椅子上坐下，敏捷地朝周围扫了几眼，低声对父亲说："我不喜欢这儿，爸爸。我敢保证，即使是勇敢的士兵也并不会真的喜欢上战场。"

克鲁上尉立即大笑起来。他年轻、风趣，对萨拉的奇谈怪论从来不觉得厌烦。

这时，明卿小姐步入房间。萨拉觉得她太像她的这座房屋了——高大、晦暗，气派十足却又怪模怪样。她有双很大的眼睛，却让人感到冰冷无神；脸上堆满了笑容，却让人感到漠然无情。

明卿小姐一看到萨拉和克鲁上尉，马上满脸堆笑。关于这位青年军人，她从推荐人那里听到过令人喜悦的情况。她知道他是一位"阔爸爸"，愿意在他的女儿身上花很多钱。

"我就是本校校长明卿，请多多指教。"

克鲁上尉郑重地向校长还礼，说："我是莱福·克鲁。这是小女萨拉。"

"能够照料这样一个美丽、前途无量的孩子真是非常荣幸，克鲁上尉。"她拉起萨拉的手，边抚摸边说："梅雷迪思夫人告诉过我，她既聪颖、又美丽。这样的孩子可算得上个宝了。"

明卿小姐一看到萨拉和克鲁上尉,马上满脸堆笑。

萨拉凝视着明卿小姐的脸，疑惑地想：她为什么说我是个美丽的孩子呢？我根本算不上美丽。格兰奇上校的小女儿伊索贝尔，那才是美丽呢！她有一对醉人的小酒窝、粉扑扑的脸蛋和一头金色的长发。我可是黑头发、绿眼珠，一点儿也不美。在我见到过的孩子中，我算是最丑的了。是的，她一定在撒谎。

可是，如果萨拉认为自己是个丑孩子，那她就错了。她与那个美人儿伊索贝尔有着截然不同的奇特魅力。她长得偏高，身材苗条婀娜，一张小脸纯真可爱。她那乌黑浓密的头发在末端微微有些卷曲。不错，她不喜欢自己那双灰色眸子里略带绿色的眼睛。她一直坚信自己是个长得并不漂亮的小姑娘，因此对明卿小姐的阿谀奉承根本无动于衷。

后来认识明卿小姐久了，她才知道为什么明卿小姐会那样说——明卿小姐对每位新生的父母都会说这套话。

萨拉站在父亲的旁边，聆听他和明卿小姐的谈话。她之所以被带到这所私立女子学校，是因为梅雷迪思夫人的两个女儿就是在这里接受教育的，而克鲁上尉很看重她的经验。

萨拉将成为所谓的"优待寄宿生"，甚至会比"优待寄宿生"享受更多的特殊待遇。她将拥有自己的漂亮卧室、起居室，一匹小马驹和一辆精致的马车，还有一个法国女佣将代替她在印度时的奶妈。

"这孩子太喜欢看书了。在家里时，她总是坐在那里，从早到晚把鼻子埋在书里。我看她不是读书，简直是在吃书。一见到书，她就像老虎见到兔子似的，几乎要把书本吃掉。"

"原来如此，那太好了，哈哈哈……"明卿小姐再度带着那夸张的表情笑了起来。

萨拉心里想：没有人见过鱼笑，如果鱼真会笑的话，大概就是这种样子吧。

"所以我想拜托校长,在教她读书之余,还要指导她多多玩耍。星期天的时候,就带她到郊外去远足、野餐吧,或者带她出去买个洋娃娃——我觉得她这个年龄的女孩子该多玩玩洋娃娃。如果她太专心于书本,我担心会因此影响她的健康。"

"爸爸,"萨拉说,"如果我每隔几天就买一个新的洋娃娃,我会喜爱不过来的。洋娃娃应该成为我的好朋友。艾米丽就要成为我的亲密朋友了。"

"原来如此,那太好了,哈哈哈……"明卿小姐再度带着那夸张的表情笑了起来。

"谁是艾米丽?"明卿小姐追问道。

"告诉她吧,萨拉。"克鲁上尉笑着说。

"她是个洋娃娃,不过我还没有找到她呢,"她说,"爸爸答应和我一起出去找她。我已经给她起名为'艾米丽'。等爸爸走了以后,她就要做我最知心的好朋友。"

萨拉回答时,灰绿色眼睛里的神情很庄重,很温柔。

明卿小姐满脸堆笑,显得更加谄媚了。

"多有创意的孩子啊!"她说,"这小家伙太可爱了!"

"是的,"克鲁上尉说,"她的确是个可爱的小家伙。替我好好照料她吧,明卿小姐。"

"当然,当然!令千金在我这里,我一定会悉心照顾她,请您尽管放心。"

萨拉跟着父亲在旅馆里住了几天。直到父亲要回印度了,他带萨拉去了许多大商店,买了很多东西。

他们终于找到了艾米丽。在此之前,他们跑了很多家玩具店,看了大大小小许多洋娃娃,有黑眼睛的、蓝眼睛的,有棕色头发的、梳金色辫子的,穿衣服的和不穿衣服的……

这是一个大洋娃娃,但萨拉抱起来一点儿都不费劲。这个娃娃有一头卷曲的金褐色头发。她的眼睛深陷,是清澈的灰蓝色,长长的睫毛柔软而浓密。当萨拉把她搂到怀里时,艾米丽好像很幸福的样子,眼睛里有一种灵动的神情。

接着,萨拉和爸爸又到附近的一家儿童服饰商店给艾米丽定制了两套和萨拉一样的衣裙、帽子和外套。

"我要当她的'妈妈',我要让大家一看到她就知道她有个细心的好'妈妈'。"萨拉说。

克鲁上尉本应为这次采购感到非常快活,但他心里却难受极了，因为他就要和他心爱的萨拉分手了。

当晚午夜时分，他站在床边俯视着熟睡的萨拉。她怀里搂着艾米丽，她的黑发覆盖着枕头，与艾米丽的金褐色头发混在一起。她们都穿着有荷叶边的睡裙，美丽的长睫毛伏在眼皮上。艾米丽看上去像个真孩子，克鲁上尉很高兴有她陪伴萨拉。他深深地叹了口气，捻捻两撇小胡子，脸上流露出孩子似的神情。

"唉，亲爱的萨拉呀，"他自言自语，"我可知道以后将多么惦念你啦！"

第二天，克鲁上尉把萨拉领到学校，把她交给了明卿小姐。他向明卿小姐说明：他的律师巴罗和斯基普沃思两位先生管理他在英国的事务，他们会回答一切询问和要求。至于萨拉的费用，他们会按她送去的账单支付。

随后，他同萨拉来到她的小起居室坐了下来。他俩紧紧地拥抱着，亲吻着，仿佛永远不愿分开似的。

分别的时刻到了。克鲁上尉吻了一下萨拉的头发，说："那么，再见吧，愿你一切顺利！"

当出租马车从门口驶离时，萨拉抱着艾米丽，倚在起居室的窗口，静静地目送着马车离去。

当明卿小姐打发她的妹妹阿米莉亚小姐去看看萨拉在做什么时，阿米莉亚小姐却发现打不开房门。

"我把门锁上了。"屋里传出了小可怜的声音，"如果可以的话，我想一个人待会儿。"

阿米莉亚小姐身材矮胖，非常尊敬她的姐姐。她的脾气很好，从没违抗过明卿小姐的命令。她回到楼下，有点惊慌地对姐姐说："我从没见过如此奇特、老成的孩子，她把自己反锁在屋里，既不吵也不闹。"

"我看这远比乱踢乱喊好得多。"明卿小姐回答说，"我原本还担心一个像她这样被宠坏的孩子会把整幢房子闹翻天呢。"

　　7岁的萨拉被父亲送到伦敦一所私立女子学校，即将开始独立生活。校长明卿小姐势利爱财，表面说话客套，内心却冷若冰霜；女孩拉比亚骄傲任性，盛气凌人。萨拉能适应这里的环境吗？父亲离开后，萨拉并没有哭闹，而是把自己关在房间里安静独处，表现出超越同龄人的成熟。这反映了她性格中有着坚强的一面。我们在遇到困难时，也要勇敢地去面对，要坚信自己拥有强大的力量。这样我们才会变得更加坚强。

一节法语课

萨拉在学校的学习生活正式开始了。她彬彬有礼、待人友善,连女佣都夸她像个小公主。可是,明卿小姐却误会她是一个不愿意刻苦学习法语的、被宠坏的小姑娘。当萨拉用一口流利的法语跟老师对话时,明卿小姐又会作何感想呢?

第二天,萨拉便开始上课了。

第一节是法语课。

吃过早饭以后,新来的女佣玛勒特为萨拉梳了一个漂亮的发型,打上了一个红色的花结,并给她换上了深蓝色的校服。

萨拉走进教室时,所有人都热切地望着她。在这以前,每个同学——从13岁的拉比亚·赫伯特到4岁的洛蒂·利——都听说过很多关于萨拉的事了。

萨拉觉得有点不好意思,脸上微微泛红,但举止仍然沉着大方,静静地走到明卿小姐安排的那个座位上坐了下来。

同学们个个都睁大了眼睛望着她。原来,拉比亚昨天说的完全不对。萨拉的皮肤不但不黑,而且比全班任何人的都白。她那高贵优雅的姿态和动作,使全班学生的好奇心都变成了强烈的羡慕。

"她竟穿着长筒丝袜呢!""她的脚真小!我从没见过这么小的脚。"同学们小声讨论着。

"哼！"拉比亚嗤之以鼻，不怀好意地说，"那是因为她的绣鞋做得好。我妈说过，如果你找个手巧的鞋匠，就是大脚也能看上去像是小的。我觉得她一点也不漂亮。她的眼睛颜色有些奇怪。"

"她不符合'漂亮'的标准，"洁茜一边说，一边偷偷地扫视教室一圈，"可是她使你还想多看她一眼。她的睫毛特别长，而她的眼珠差不多是绿色的。"

萨拉安静地坐在座位上，等待着别人吩咐她做什么。她被安排在讲桌近旁。在众目睽睽之下，她并没有感到局促不安。她饶有兴致地默默回视着那些注目她的同学，想着：她们正在想什么？她们是否喜欢明卿女士？她们是否担心自己的功课？她们中是否有人有个像她爸爸那样的爸爸？

这时候，明卿小姐走进教室。

"大家安静，不要讲话！"

她站在讲台上，威严地敲着讲桌，说道："姑娘们，我今天要向大家介绍一位新来的同学。萨拉小姐，请站起来。"

萨拉立刻站了起来。

"这位新同学叫'萨拉·克鲁'，从今天开始就在我们学校学习。萨拉小姐来自遥远的印度，大家要同她和睦相处。下课以后，你们都要和她多亲近，知道了吗？"

学生们大声回答道："知道了。"

萨拉向大家轻轻地行了一个屈膝礼，同学们也都很讲究地还了礼。只有拉比亚装作不在意的样子，眼睛故意往旁边看。

明卿小姐拿起教桌上的一本法文书，说道："萨拉小姐，请到这儿来。"

萨拉立刻走到校长面前。

"既然你爸爸给你请了一个法国女佣，我想，他这样做一定是希望你能把法语学好。"

萨拉抬起头来，说："我认为爸爸请她来是因为爸爸觉得我会喜欢她……校长，我……我虽然从来没有正式学过法语，但是……我……"

"你真是一个被宠坏的小姑娘。你必须刻苦学好法语，这才是你爸爸希望的！"

明卿小姐是一个非常刻薄而严肃的人。她好像确定萨拉一定不会法语一样，不等萨拉说完便粗暴地打断了她的话。

萨拉涨红了脸，一时不知道该怎样说才好。

萨拉本来还想说些什么，但是明卿小姐没有让她多讲。她也觉得自己如果再说下去就显得很没礼貌了，只好低着头走回自己的座位。

其实，萨拉已经会说相当流利的法语了。

萨拉的母亲是法国人，父亲很喜欢母亲家乡的语言。自母亲去世以后，父亲便时常用法语和萨拉说话，因此萨拉从小便学会了法语。

萨拉本想把这些告诉明卿小姐，但明卿小姐根本不给她机会。

萨拉打开校长给她的书看了看，发现那是一本初级法语单词课本，上面写着"父亲"、"母亲"等一些最基本的单词。

萨拉觉得这对她来说太简单了，有点想笑，却又尽力忍住了，所以脸上便显出一种很不自然的表情。

明卿小姐看见了，问道："萨拉，你怎么了？难道你不愿意上法语课吗？"

"校长，不是的。我很喜欢读法语，但是……"

"师长跟你说话的时候，不要总说'但是'！"明卿校长严厉地教训她。

"好的。"萨拉轻轻答道。

拉比亚看见萨拉低着头坐下,以为她受校长责备后就会意志消沉,因此很是幸灾乐祸。

这时候,教授法语的老师杜法奇先生进来了。他是个中年人,非常和蔼、聪明。

明卿小姐立刻把萨拉的事向他作一番说明,并且还说:"她以前不曾学过法语,如今得对她从头教起,这恐怕很麻烦吧?"

"没关系。不过,希望她能学得好。"法语老师望了望萨拉,微笑着说。

校长又说:"这孩子的父亲非常希望她能够把法语学好,但是她自己好像不太喜欢法语。"

"那样可不太好,小姐。"老师笑着走近萨拉,说道,"刚开始的时候,你也许会觉得有些困难,但是只要坚持就会产生兴趣的。"

萨拉从座位上站起来,仿佛受到了羞辱一般。她仰望着杜法奇先生的脸,一双灰绿色的大眼睛流露出天真无邪的祈求神情。或许是老师慈祥亲切的笑容给了萨拉足够的勇气,她开始用流利的法语简洁地进行解释:她虽然没有正式地学习过法语,但是她的爸爸和其他人经常对她说法语,而她读写法文就像她读写英文一样寻常。她的妈妈是法国人,可她一出世妈妈就死了。她的爸爸因深爱妻子而喜爱法语,而她喜爱法语则是因为爸爸喜爱它。

萨拉讲完,法语老师从她手里拿过书来,表情甚是慈爱。听到这么流利的法语,他觉得好像回到了自己的祖国——身在这阴沉的、雾气笼罩的伦敦,法国仿佛远在天涯一般。

教室里所有的人都愣住了,尤其拉比亚更是惊讶得目瞪口呆。

如果不是亲耳听到萨拉讲出来的话,明卿小姐连做梦都不会想到，这个才7岁的小女孩儿竟会说出如此流利的法语。明卿小姐本人一点法语都不懂，一直以此为憾。她觉得萨拉伤害了她的自尊心，所以心中暗暗感到不满。

"啊，女士，"老师说，"我没什么可以教她了。她虽没学过法语，但就像是法国人一样——她的口音美妙极了。"

明卿小姐觉得窘迫不堪，瞪大了眼睛看着萨拉说："萨拉，你既然会说法语，为什么不早告诉我呢？"

这时候，教授法语课的老师杜法奇先生进来了。他是个中年人，非常和蔼、聪明。

萨拉觉得很不好意思，红着脸微笑着说："我……刚才我本来想告诉校长，但是不知道该怎样说才好，所以……就到现在才说出来。"

"我告诉你，这种事情以后可不准再发生。无论什么事，你都要坦白直率地讲出来，知道了吗？小孩子装成大人模样，这是最要不得的！"

明卿小姐看到学生们一直在注意听着，而且拉比亚和洁茜还在法语书的遮掩下咪咪地笑着，便越发气急败坏。

"安静，小姐们！"她拍着桌子严厉地喊道，"立刻安静！"

从那刻起，明卿小姐就对她的这位模范生心生嫉恨。

明卿小姐想当然地认为萨拉不会法语，粗暴地打断萨拉的话，而萨拉没有争辩。这反映出萨拉良好的涵养和愿意为他人着想的性格特点。等到萨拉说出一口流利的法语，明卿小姐又怨恨萨拉让她当众出丑，责怪她没有及时说明。这反映了明卿小姐的心胸狭窄。我们刚到一个新环境的时候，一定要谦虚、自信，与周围的人友好相处，时间长了自然会得到别人的理解，并赢得友谊。

结识亚美

上学的第一天,萨拉结识了一个胖乎乎的小姑娘,名叫"亚美"。亚美有一位非常聪明的父亲,可她学习起来却特别吃力。这是她最大的烦恼。萨拉会怎样帮助这个好朋友呢?

就在来学校上课的第一天上午,萨拉在明卿小姐身旁坐下,感受到全班同学都在全神贯注地望着自己。很快,她注意到一个小女孩,年纪和她差不多,一双浅蓝色的眼睛不住地打量着她。

这个小姑娘长得胖乎乎的,看上去一点也不机灵,一张小嘴噘起来,显得很敦厚。她那亚麻色的头发编成一条结实的辫子,上面系着一条缎带。她把辫子从背后绕过脖子拉到身前,嘴巴咬着辫子上的青色花结,双肘支在课桌上,双眼好奇地望着这个新生。

当萨拉用流利的法语回答老师时,这个小胖姑娘吓了一跳,敬畏和惊异使她的脸变得绯红。好几个星期以来,她一直在抹着绝望的眼泪竭力记忆那些可怕的法语单词。可是,这些单词被萨拉那样自如地说出来,这使她几乎受不了啦。

下午所有的课都结束以后,萨拉一个人静静地走到餐厅外面的露台上。这时,天空仍然笼罩着浓雾,空气清冷。萨拉太思念亲爱的爸爸了,她希望到没有人的地方一个人待一会儿。

这时，背后传来一阵轻微的脚步声。萨拉回头一看，原来是那个小胖姑娘。萨拉还记得她头上的那个青色花结。萨拉知道，这位少女一定是想跟自己交朋友，因此微笑着朝她走过去。

"请问，你叫什么名字？"

听到她的声音，女孩似乎吃了一惊："我……大家都叫我'亚美'。"

"噢，亚美，这名字真好听。我是萨拉·克鲁。"

"我喜欢你的名字……"亚美用羡慕的眼光瞧着她说。

"是吗？我也很喜欢你的名字啊！我们做朋友好不好？"

听了这句话，亚美又吃了一惊，心中却无比喜悦。她的脸涨得通红，问道："你真的愿意和我做朋友吗？你是说真的吗？"

"当然喽！我想我们一定能成为好朋友的。我非常喜欢你。"

"我……我也很喜欢你，但是我的脑子不太聪明，功课也不好，所以我还以为自己不配跟你做朋友哩！你的法语说得太棒了……"

亚美生活里的最大麻烦就是她有个聪明过人的父亲。这对她来说，有时甚至算得上一场灾难。如果你有一位"无所不知"的父亲——会说七八种外国话，拥有上万卷书并且都能熟记在心，那么他很可能指望你至少做到熟悉自己课本里的内容，也可能要求你该记住一些历史事件或会做法语练习。亚美的父亲怎么也不明白，为什么自己的孩子竟然没有一丁点儿灵性。

萨拉坐在那宽大的窗台上，蜷缩起双脚，双手抱膝，轻轻地对亚美说："那是因为我在家里经常听到法语。假如你也能常听到人家讲法语，我相信你也会讲得很好的。"

"我不行，我不行，因为我太笨了。"亚美叹了口气，说道。

萨拉看着亚美那极度自卑的样子，温柔地说："那么，以后我帮你学习法语好不好?"

"什么?你要帮我?是真的吗?啊,我是多么高兴呀!如果你教我的话,我肯定会记得住的!"亚美高兴得眼泪都要流下来了。

萨拉看亚美如此高兴,自己也觉得非常快乐。她笑着说:"到我房间里去玩吧,我给你介绍我的艾米丽宝宝。"

"咦,艾米丽宝宝是谁?"

"她是我最喜欢的洋娃娃!走,去我的房间看她吧!"萨拉一边说着,一边伸出手拉住了亚美的手。

亚美欣然地跟着萨拉朝楼上跑去。

"啊,多么美丽的洋娃娃!咦,她手里还拿着书哩!"

萨拉认真地说:"我想,洋娃娃和人也是一样的。她们可以看看书啦,散散步啦,或者做些其他的事情。不过,那只是在没有人的时候,因为如果人们知道洋娃娃也会做事,那么她们一定会被叫去做许多事。所以,洋娃娃便约好了,有人在她们旁边的时候,她们总要装作一动不动的样子。在走路或看书的时候,只要一听见有人来了,她们就立刻回到自己原来的位置上去,像原来那样静静待在那里。"

亚美听得入了神。萨拉又说:"我拼命想偷看她们在干些什么,但是一次也没有成功。她们太机灵了,她们的动作简直快如闪电。因此,直到现在我还没有看到。"

亚美像在做梦似的望着萨拉,半晌才说道:"这……这些都是真的吗?以前我从没想过这种事情。不过,这也许是真的。"

萨拉抱起艾米丽,面向亚美说:"艾米丽,这位是我的朋友亚美小姐,以后你也要做她的朋友哟!"

她又对亚美说:"请你也抱一抱艾米丽吧!"

"我可以抱她?真的可以吗?"亚美的双眸发出了亮晶晶的光

彩，像是获得了非常大的荣誉。

"当然是真的，就请你抱抱她吧！"

"这个洋娃娃仿佛是活的。你看她的眼睛，好像能看见东西似的。我从来没有看到过这样漂亮的洋娃娃！"亚美开心地看着洋娃娃。

萨拉在旁边欣然地说："我和爸爸一起去迎接艾米丽的那一天，真是花了很多的心思哩！"

"怎么？你们还去迎接她？去迎接这个洋娃娃吗？"

亚美一听，觉得疑惑不解。

"是啊，我们到商店里把她迎接回来的。"

接着，萨拉又告诉亚美：那一天是怎样的天气，天空中笼罩着的雾有多浓，她和爸爸两人走了多长的路，看了多少家玩具店，最后怎样找到了艾米丽。突然，萨拉停了下来，深深地叹了口气，好像在竭力抑制着什么。亚美觉得奇怪，关切地问她："怎么啦？是不是身体不舒服？"

萨拉轻轻地摇了摇头，泪珠从眼眶里滚落下来："没……没什么，我只是想念爸爸而已。我想，你也一样喜欢自己的爸爸吧！"

亚美当时竟不知该如何回答。她知道，在这所学校里如果对别人说自己从来不喜欢父亲，为了避免陪伴父亲10分钟竟会做出任何不顾死活的事情，那就会让人认为是没有教养的孩子了。的确，她不能把这些说出来。

她想了一会儿，说："我……我很少见到爸爸，因为……爸爸整天都在书房里面看书，我又不能去打扰他。"

"是吗？"

这真的使萨拉大感意外，她说："我比谁都爱我的爸爸，爸爸也最爱我。我们在家里经常在一起。可是，爸爸已经回印度去了，我们现在不能相聚在一起了。"

说着,萨拉又低下了头。亚美真担心萨拉会忍不住哭出声来。

这时,玛勒特从街上买完东西回来了。萨拉微笑着说:"玛勒特,请你倒杯茶,再拿些糖果来招待客人吧!"

"好的,小姐。"

玛勒特出去以后,萨拉又说:"亚美,我给你讲一些印度的故事好不好?你听了这些故事,就会把痛苦和烦恼统统忘记的。"

"请你讲吧!我最喜欢听故事了。"

于是,她们在壁炉前的地毯上坐下来,萨拉用她那悦耳的声音讲了一些印度的故事和神奇有趣的传说。她还把这次从印度来英国

"这个洋娃娃仿佛是活的。你看她的眼睛,好像能看见东西似的。我从来没有看到过这样漂亮的洋娃娃!"亚美开心地看着洋娃娃。

路上所看见的人和事绘声绘色地讲给亚美听。她越讲越高兴，小脸蛋变得神采奕奕，那灰绿色的大眼睛像宝石一样晶莹发亮。

亚美屏住呼吸，听得简直入了神。她觉得萨拉讲的这一切都让她感到神秘而有趣。

不久，玛勒特端了一大盘精美的糖果和两杯茶出来。那些杯盘都很别致，颜色淡雅。

"玛勒特，请你也给艾米丽一杯吧！"

"好的，马上就来。"

艾米丽的茶杯很小巧，而且上面还印有很多可爱的花纹。玛勒特还特意把她的茶泡得很清淡。

亚美瞪着大大的眼睛看着这一切。她觉得这里的一切都是那么新奇、有趣，整个房间就像是童话王国。

"你不但法语说得好，故事也讲得这么好！"

"真是这样吗？那么，下一次我讲些自己编的故事给你听好不好？"

"什么？你还会自己编故事？"亚美吃了一惊。

"是啊，那是我最喜欢做的事。你也可以试试，那是一件非常快乐的事情。"

亚美摇了摇头。她觉得自己连书上的故事都看不懂，怎么能自己编故事呢。

她对萨拉说："你真了不起！"

萨拉纯真地笑了笑，对她说："只要你愿意去做，编故事不会很难！"

萨拉这样谦虚，使得亚美对她产生了深深的敬佩之情。

在学校里一向被同学们耻笑和欺负的亚美，觉得萨拉就像一位天使、一位公主。

她不知道该如何说出自己的心情，拉着萨拉的手说："我们能成为永远的好朋友吗？"

萨拉说："当然了！让我们成为永远的好朋友吧！"

"太好了，萨拉小姐。拉比亚和洁茜是好朋友，我们也是好朋友，比她们更要好。啊，别人都会羡慕我们哩！"

萨拉和亚美彼此拥抱着，从此成为最要好的朋友。

萨拉的到来为这所充满爱慕虚荣、互相攀比等习气的贵族学校带来了一股清新之风。她虽拥有财富和美貌，但她谦虚友善，很快就与亚美成为好朋友。这一点与动不动就发脾气、居高自傲的拉比亚小姐形成了鲜明的对比。同时，萨拉对趋炎附势的明卿小姐保持一定的距离，表明她有自己的原则和个性。我们也要像萨拉一样，做一个有教养、有爱心、有原则的人。

安抚洛蒂

萨拉第一次去教堂做礼拜，就被明卿小姐邀请与她肩并肩同行。这使得她在不知不觉中惹恼了拉比亚。小女孩洛蒂大哭不止，明卿小姐和阿米莉亚小姐束手无策，萨拉却让她平静了下来。她是怎样做到的呢？

明卿小姐骨子里很恨萨拉，但她精通人情世故，表面上绝对不会表现出来。明卿小姐很明白：只要萨拉写一封信，告诉克鲁上尉，说她在这里过得不快乐、不舒心，那克鲁上尉马上就会让她转学。明卿小姐认为：只要不断夸奖一个孩子，让她随心所欲，这孩子肯定会喜欢上这个养尊处优的地方。

所以，萨拉经常得到夸奖。她被夸赞聪明好学，举止优雅，对同学亲切友好；哪怕是做了非常微不足道的好事，也会被明卿小姐当成一件美德来夸奖。

要不是萨拉有着温和的性格且小脑袋足够聪明，她早就变成一个洋洋自得的小女孩了。她总能用自己聪明的头脑来判断一切，并了解自己的真实情况，从不骄傲自满。

星期天到了，这是萨拉来到学校的第一个星期天。

按照学校的惯例，每个星期天的早晨全校学生都要列队到附近的教堂做礼拜。

姑娘们会换上自己最好的衣服，举止也会尽量表现得高贵得体。明卿小姐总是挑选一个穿得最漂亮的学生站在队列前面，和自己并肩前行。

　　一直以来，拉比亚都独享这份殊荣，因为别人根本没有她那样高贵的服装。每到这个时候，拉比亚会无比得意地走在前面，接受同学们羡慕的目光。

　　在萨拉来学校之前，拉比亚一直觉得自己是这里的领袖。她欺负比自己小的孩子，而在那些跟她差不多大或者比她大的孩子面前，也要摆出高高在上的架势。

　　今天，拉比亚感到莫名的恐慌。她很担心明卿小姐会叫那个新来的萨拉取代她的位置，可又心怀侥幸想着：就算萨拉有不少衣服，校长也不至于让那样小的孩子站在最前面吧？但愿不会！

　　尽管这样想，她还是很担心。

　　拉比亚一早就把自己的衣服都拿了出来，左挑右选才选中了一件最华贵、最漂亮的。她还精心挑选足以匹配的皮鞋和袜子。接着，她花费了不少工夫梳好头发，特意佩戴了一个新的白花结，从首饰盒里找出妈妈替她买的那串精致的珍珠项链戴在脖子上。

　　刚收拾停当，集合的钟声就响了，姑娘们都聚集到了走廊，拉比亚也依照惯例站在了排头。

　　不一会儿，明卿小姐拉着萨拉的手出现了。萨拉穿着非常华贵的粉红色连衣裙，裙子外面套的是一件带有貂皮领子的华贵大衣，手上戴着昂贵的皮手套，脚上那双皮鞋如名品店橱窗里陈列的皮鞋一样闪闪发光。

　　从头到脚，萨拉装扮得无可挑剔。

　　"哇，太漂亮了！"姑娘们个个目瞪口呆。拉比亚心里感到越发不安了……

　　拉比亚担心的事情不可避免地发生了。明卿小姐果然牵着萨拉的手，一直走到拉比亚的前面。

"萨拉小姐，你站在这里和我并排走。"

拉比亚一听，脸色立刻黯淡下来。校长又对萨拉说："站在排头的人最重要了，大家会很注意你的一举一动。所以，你一定要用最优雅的姿态走路，知道了吗？"萨拉似懂非懂地点了点头。

拉比亚看见这种情形，紧抿着嘴，咬着牙。突然，她径自走出了队伍。"拉比亚小姐，你要干什么?我们马上就出发了。"明卿小姐喊住了她。拉比亚回过头来说："我有点不舒服，今天不去做礼拜了。"

明卿小姐拉着萨拉的手出现了。

"拉比亚！"校长的嗓音变得又高又细，"是不是因为我没有让你走在排头，你就不高兴啦？你不能因为这点小事就使性子。萨拉小姐是新来的同学，而且又是从那么远的地方来的，大家应该对她谦让一些。你已经不是一个小孩子了，应该懂得这个道理。"

"当然，我很清楚。在校长的眼中，最看重的还是谁最有钱啊！"拉比亚心里这样想着，眼睛瞪着明卿小姐。

"拉比亚，立刻回到队伍里去！假如你再假装生病，我就要扣你的操行分数了！"

拉比亚满脸不高兴，犹豫了一下，懒洋洋地回到队伍里。她不愿意再站在萨拉后面，所以插进队伍中间，站在了洁茜的旁边。

萨拉看到这些，觉得非常不好意思。于是，她对校长说："校长，请您让拉比亚小姐站在排头吧。我的年龄太小，个子矮，不应该站在排头。"

"不必，不必，"明卿小姐立刻说，"你按照我的话去做就是了，小孩子对大人所作的决定不要多嘴。大家注意，我们马上就要出发了。你们都要像以往那样，整整齐齐地走好。我们要让别人看到我们学校的学生有多么好的规矩。"

因为发生了这段不愉快的插曲，拉比亚回来之后一直闷闷不乐，连和她最要好的洁茜这时也不知道该如何安慰她，只好默默地陪在一旁。其他的姑娘们中有的早就对拉比亚那种骄横跋扈的态度不满，所以对这次的事情都暗暗拍手称快。不过，谁也不敢表现出来，更不敢说出来，因为大家都有点怕拉比亚。

萨拉很单纯，没想到拉比亚会对自己怀有强烈的敌意。她见拉比亚一直不高兴，就感到有些歉疚。因此，她在活动室前面遇到拉比亚的时候，就用温柔友善的语调对她说："拉比亚小姐，对于上午发生的事情，我感到非常抱歉。早知道会使你感到不舒服，我是不会走到前面去的。"

拉比亚把脸转向一边,就像没听见似的,一句话都不回答。

萨拉继续说:"和校长一起走,我感到很别扭。以后,还是请你站排头吧!我会向校长请求的。"

"别自以为是了,你什么都想管!"拉比亚猛地回过头来,冲萨拉吼道。

"别自以为是了,你什么都想管!"

萨拉吓了一跳，不敢再说下去。

"我站不站排头与你何干？我才不稀罕呢！你也别太得意了。你认为自己很了不起，就什么都想管吗？这里还轮不到你来多管闲事！请你好自为之。"拉比亚说罢，跑进活动室，嘭的一声把门关上了。萨拉一时无法接受拉比亚如此待她，也不明白为什么拉比亚会发这么大的脾气。她茫然地在那里站立了许久，直到有人轻轻地拍了一下她的肩膀。萨拉回头一看，原来是亚美。

萨拉问亚美："她很讨厌我，是吗？可是我不想让人讨厌我，那样我会觉得很难过的！"

"只要有一点让她不开心的事，那位拉比亚小姐就会用这种态度来对人。她并不是针对你一个人，你不必太难过了。"

萨拉微微皱了皱眉，说道："是吗？假如她讨厌我，我想那是她还不了解我的缘故。等她了解我了，我想她会喜欢我的。"

说到这儿，萨拉恢复了快活的心情，对亚美说："走，亚美，到我房间去！我再给你讲些有趣的故事。"

两人拉着手，高高兴兴地往萨拉的房间走去。

日子一天一天过去，萨拉也慢慢地习惯了学校的生活，对所学的课程也越来越感兴趣了。在学校开设的课程中，她最喜欢上舞蹈课。

克鲁上尉每星期会寄来两封信，随信还会寄很多书过来；萨拉则最多每隔3天就给爸爸写一次信，有时甚至一天之中写两封。

一天，她又坐在窗边的书桌前给爸爸写信了。

亲爱的爸爸：

您好吗？萨拉又想和爸爸在信上说话了。

萨拉来到学校已经30多天了，今天的信是第10封。萨拉仍然很健康，一切都很好。刚到这里的时候，我每天都十分想念爸爸，晚上常常觉得寂寞和难过，不过最近好多啦。萨拉一定会遵守诺言，无论多么难过，也会忍住不哭的。当然，我有时也会几乎忍不住要哭出来，这时我就和艾米丽宝宝谈谈心，心情就会好一些。

玛勒特对我非常好，她每天都细致周到地照顾我。

还有那个名叫"亚美"的好朋友——上次我告诉过您的，我们每天都在一起，玩得很开心，所以我不觉得寂寞了。

亚美说她非常喜欢我。她还说我特别像故事里的公主呢！爸爸，我有那么好吗？我想，人们都是因为偶然的机缘才会变得性格有所不同，对吗？

我也是由于偶然的机缘才成为好爸爸的女儿的，对吗？其实，我并不是一个真正的好孩子。只不过因为爸爸非常爱我，大家也都对我十分亲热，所以我自然就成为一个好孩子了。

怎样能知道我是好孩子还是坏孩子呢？我想，一定要遇到不幸之后才能看得出来。可是，到现在为止我还没有遇到过什么不幸的事呢！

我也有一些烦恼。在学校里有不少人讨厌我。尤其是拉比亚小姐，就是上次信里我告诉您的那位小姐，她始终不喜欢我。我希望能和大家相处得很好，所以常常在房间里开茶会招待她们。爸爸一定会说我这样做是对的，对吧？但是，还是有些人不肯对我友好。遇到这样的情况，我会拼命地忍耐，试着去原谅她们。

今天的信就写到这里了。再见，爸爸！

您亲爱的女儿　萨拉

萨拉将写好的信折好，装进信封里，让玛勒特寄了出去。

萨拉从来不摆大小姐的架子。她是个和善的小丫头，总是慷

一天,萨拉又坐在窗边的书桌前给爸爸写信了。

慨地把属于自己的好东西与别人分享。那些10到12岁的女孩经常呵斥年龄小的孩子，嫌她们碍事，但萨拉从来不这样。她见到有人摔跤、擦破膝盖时，就会跑过去把人扶起来，从兜里翻出夹心糖哄人家开心。她从来不把年龄小的孩子推开给自己让路，也不会因为人家年龄小、不懂事而欺负她们。

一天清晨，萨拉经过起居室，听到明卿小姐同阿米莉亚小姐两人正在试图让一个大哭的孩子安静下来。那孩子显然不肯罢休，憋足了劲不停地哭闹。明卿小姐生气极了，扯着嗓门喊了起来："这个不听话的孩子活该挨鞭子！"

接着，萨拉听到阿米莉亚小姐的声音："噢，洛蒂……好了，宝宝！你就别闹了，求你别闹了！"

可是，洛蒂哭得更响亮了："呜……呜……呜……我没有……妈妈……妈妈呀！"

正在萨拉犹豫着是否应当进去时，明卿小姐气急败坏地冲出了房间。

"校长，是谁在哭呀？"

"还不是那个又淘气、又爱哭的洛蒂！那孩子实在太任性了，谁也拿她没有办法。"

洛蒂是一个只有4岁的孩子。她同萨拉一样，从小就没有了母亲。由于长期被人当成洋娃娃一样娇惯、宠溺，因此长成了一个爱哭爱闹、人见人怕的小孩。洛蒂之所以会这样，是因为她发现一个失去母亲的孩子理应博得人们的怜悯和纵容。这可能是在母亲去世后，她从大人的一些谈论中领悟到的。

萨拉很恭敬地对校长说："让我来哄哄她，好不好？"

"你？"明卿小姐吃了一惊，怀疑地看着萨拉说，"……你能使那个不讲理的野孩子停止哭闹吗？"

"让我试一试吧,我很喜欢照顾小孩子。"

"你愿意试一试的话,就进去吧。"说罢,她丢下萨拉就走了。

萨拉进屋时,洛蒂正躺在地板上号啕大哭,两条小胖腿在空中乱踢着。阿米莉亚小姐急得面孔通红,汗珠都滴下来了。她试了很

那孩子显然不肯罢休,憋足了劲不停地哭闹。

多方法都无法让小洛蒂停止哭闹。

萨拉不声不响地走到她们跟前。她也不知道自己究竟要做什么,但是内心里有个模糊的信念——自己能行。

"阿米莉亚小姐,"她低声说,"请让我试试让她停止哭闹。明卿小姐同意让我试一下。"

阿米莉亚小姐转过身,气喘吁吁地说:"哦,你能行吗?"

"我不知道是否能做到,"萨拉回答,"但我要试一试。我想请您先离开房间。"

阿米莉亚小姐摇晃着站起身来,深深叹了口气,悄悄地离开了房间。

萨拉在这号哭、撒野的孩子旁边站了一会儿,俯视着她,没有说话。然后,她在地板上坐下来,继续守在旁边。除了洛蒂愤怒的尖叫声,房间里几乎没有其他声响。

对洛蒂来说,这可是个新情况。她本来习惯于在哭闹时听到别人轮番地谴责、恳求、命令、劝诱,可现在躺在地上乱踢乱叫时,身旁唯一的人却似乎一点儿都不在乎。这种情况吸引了洛蒂的注意力。她睁开紧闭着的泪眼,想看看旁边这个人是谁。看清是萨拉后,洛蒂暂停了几秒钟,觉得必须重新开始:"我没有……妈妈……没有妈妈!"但是,宁静的房间以及萨拉平和的面容使洛蒂的这声嚎哭显得有些底气不足。

萨拉平静地看着她,目光中流露出理解和同情。

"我也没有妈妈呀!"她说。

听到这话,洛蒂吃了一惊。她放下乱蹬的腿,转动了一下身子,瞪着萨拉。就这样,在什么办法都无济于事的情况下,一句简单的话语就阻止了这个孩子的痛哭。当然,洛蒂停止哭泣的另一个原因是:她本来就讨厌明卿小姐,因为她太凶了;也不喜欢阿米莉亚,因为她只会笨拙地纵容;而相反的,她喜欢萨拉,虽然她们不是很熟。虽然洛蒂还不打算完全放弃哭闹这招,可她的注意力已经被分散了,于是只好又转回身子气呼呼地抽噎着。过了一会儿,洛

萨拉在地板上坐下来,继续守在旁边。

蒂问："她去哪儿了？"

萨拉很久没有回答。别人告诉她妈妈到天上去了。她的想法跟别人可不一样。

"她到天上去了，"萨拉说，"但她肯定会经常来看我，只是我看不见她。你的妈妈肯定也是这样。说不定，这会儿她俩就在看着咱俩。说不定，这会儿她俩就在这屋子里。"

洛蒂笔直地坐了起来，环顾四周。她其实是个长着卷发的漂亮的小人儿，圆溜溜的眼睛就像满含露珠的勿忘我花。可要是她妈妈看到她足足闹腾了半个小时的话，恐怕也不会认为她是可爱的"小天使"了。

"妈妈在一个非常美的地方，那里的田野上开满了鲜花。"萨拉继续讲着。她所讲的有点像童话故事，但却那样真实，洛蒂不由自主地听了下去。

"当柔和的风吹过，空中飘着花香。人人都能闻到花香，因为柔和的风总是不停地吹着。小孩子们在开满百合花的田野里奔跑着。每条路上都是亮闪闪的，人们不论走多远也不会感到疲劳。城市的围墙低矮、结实，是由珍珠和黄金筑成的。人们越过围墙可以俯瞰人间，并微笑着向大地传递美好的祝愿。"

毫无疑问，萨拉所讲的一切实在是太美好了。洛蒂把身体挪近萨拉，全神贯注地倾听着每一句话，直到故事的结尾。

当萨拉把故事讲完，洛蒂又想哭了，因为她觉得还没听够。

"我要去那里！"她嚷了起来，"我……我在这学校里连妈妈也没有！"

萨拉一看不妙，马上从幻想中回过神来，握住洛蒂的小胖手，把她拉到自己身边，微笑着哄她。

"我会做你的'妈妈'的，"她说，"我们来一起玩，你就是我的'小女儿',艾米丽就是你的'妹妹'。"

洛蒂的脸庞上露出两个可爱的酒窝,她立刻高兴起来:"真的?你真的愿意做我的'妈妈'?"

"是啊,"萨拉回答,说着一跃而起,"我们去告诉艾米丽,她有个'姐姐'了。然后,我来给你洗脸梳头。"

洛蒂欣然答应,跟萨拉一起跑出房间上楼去。她似乎已经不记得刚才整整一个小时的哭闹的原因只是她拒绝在午饭前梳洗。

从这以后,萨拉便成了洛蒂的小"妈妈"。

萨拉所具有的最大魅力就是她讲起故事来有声有色。不论什么内容,一经她讲起来,马上变得活灵活现,即使不是故事也像故事了。她虽然有许多华丽衣饰,又是女校里的"示范生",但比较起来,她讲故事的魅力能赢得更多的追随者。

拉比亚和其他几个小女孩非常忌妒萨拉,可也不由自主地被她吸引。

就这样,萨拉成了学校里的"核心人物"。

势利的明卿小姐把萨拉请到自己的身边,让她代替了拉比亚曾经的位置,促使拉比亚和萨拉爆发了第一次正面冲突。拉比亚的强势傲慢与萨拉的彬彬有礼形成了鲜明对比。萨拉主动安抚小女孩洛蒂,展现了她的爱心和智慧,收获了快乐和友谊。在生活中,我们不要总是抱怨自己受到委屈,要主动关心别人、帮助别人,这样才能收获友谊。

小女佣蓓琪

  蓓琪这个可怜的女佣引起了萨拉的注意。萨拉对她很好,可拉比亚却要显出高人一等的样子。蓓琪从萨拉身上感受到了春天般的温暖,她们成了好朋友。拉比亚想尽办法都比不上萨拉的威望,这是为什么呢?

  两年以后,又是一个冬天。

  萨拉正同以往一样,在同学们的包围中绘声绘色地讲故事。

  这时,一个穿着破烂的少女抱着一个沉甸甸的煤炭箱子走了进来。她跪在壁炉前面,忙着给炉子掏炭灰、添煤炭。不知不觉地,她也被萨拉所讲的故事吸引了。萨拉很快注意到了她,为了使她能够听清楚,便特意提高了说话的声调。

  "那些美人鱼轻盈地在晶莹碧绿的海水中游着,身后拖着一张用深海珍珠编成的渔网。公主坐在白色的礁石上望着他们……"

  这是个奇妙的故事,说的是一位公主与人鱼王子相爱了,跟着人鱼王子生活在光华四射的海底宫殿里。

  那个少女在壁炉前将炉边的地面扫了一遍又一遍。她听故事听得入了神,像是被施了魔咒,忘记了以自己的身份根本无权听故事。她甚至忘记了周遭的一切,心思和意念仿佛都随着萨拉的话音进入了壮丽雄伟的海底宫殿。不知不觉中,她手中的扫把掉落在地上，发出"咔嗒"一声。

"咦，这个女佣竟敢跑到这儿来听故事，真是可恶！"拉比亚大叫道。

少女慌慌张张地捡起扫把，抱着装煤炭的箱子匆忙地跑出室外。

看见这种情形，萨拉心里很难过，便说："我早就知道她也在那儿听故事了！但是，拉比亚小姐，她为什么不可以听呢？"

拉比亚高傲地说："这个……也许你妈妈会允许你讲故事给女佣听，可是我妈妈却不会让我那样做。"

"什么？你说我妈妈吗？"萨拉几乎要跳起来，但她马上平静下来，答道，"我想，我妈妈一定会允许我这样做。她一定会说：'小姐和女佣一样都是女孩子，当然可以一块儿听故事。'"

"你妈妈不是已经去世了吗？一个去世的人怎么能知道这些事情呢？"

"你是说我的妈妈什么都不知道吗？"萨拉的声音严厉起来。

这时，洛蒂在旁边插嘴道："萨拉的妈妈，还有我的妈妈，她们什么都知道。在学校，萨拉是我的'妈妈'。但是，在天堂我还有一位妈妈，所有的事情她都知道，因为她正在天上注视着我们呢！萨拉小姐告诉我很多次了，绝对没有错。"

"你真是荒唐极了。"拉比亚上下打量着萨拉，说道，"天堂的事情怎么可以拿来当作故事讲呢？"

萨拉说："这些事情都在书里写得清清楚楚。假如你有空的话，也去看看吧！"

萨拉接着说："你怎么知道我讲的故事不是真的呢？如果你对别人有诚恳的心，那么你就会明白我的话是真的。"

拉比亚被她说得一句话也答不出来，只好红着脸离去了。

晚上，萨拉向玛勒特打听那个打扫壁炉的少女。玛勒特告诉她，那个小女佣叫"蓓琪"，是几天前才来的用人。除了做厨房里的工作，她还常被大家支使着去干这干那。也许是活干得太多，又吃得不好，因此她的身体发育得不好。她虽然已经14岁了，但看起来却只有10岁左右的样子。萨拉心里对蓓琪充满了同情。

两个星期以后，一个薄雾笼罩的下午，萨拉要上舞蹈课。每到舞蹈老师出现的下午，学校就像迎来一个盛大的节日。学生们会穿上最漂亮的衣裙去上课。由于萨拉的舞跳得特别好，因此萨拉被推举到前排。

这天，萨拉穿的是玫瑰色的连衣裙。玛勒特还买了一些含苞待放的鲜花，给她做了顶花冠，戴在她的头发上。这节课，她们学习了一种新颖、欢快的舞蹈。在这段舞蹈中，她要迅速地绕着教室掠地"飞舞"，就像一只美丽的蝴蝶。这欢乐的排练使她喜悦得走路都像蝴蝶在飞舞。她身上那件玫瑰色的舞衣随着身体的摆动轻盈地飘扬着。

可当她回到自己房间的时候，她却不禁惊呼出声。

萨拉看到那个女佣蓓琪正坐在壁炉前面的安乐椅上，已经沉沉地睡着了。她的帽子斜挂在头上，脚下放着扫地的器具。在她的脸上、衣服上，到处沾有炉灰。她可能是打扫完房间后十分疲倦，便不知不觉睡着了。

"唉，真可怜。"萨拉静静地走近蓓琪的身边，听到她的轻微呼吸声。

"愿她能睡得舒服些……可是，如果别人知道她在这儿睡觉的话，一定会责骂她的！算了，还是让她再睡会儿吧。"

萨拉在蓓琪对面的椅子上慢慢坐下，默默地注视着她。

不知过了多久，壁炉里面有一块煤炭被烧得炸出"咔吧"声，崩起的煤块碰到壁炉上。

蓓琪一下子被惊醒了,立刻睁开眼睛,吓得倒吸了一口气。她不知道自己刚才睡着了。她只不过想坐一会儿,感受一下那炉火的美丽光辉。此刻,她面前的正是自己一直远远窥探的那位了不起的学生。那学生居高临下,离她很近,像一位带着玫瑰色光晕的仙女,关切地望着自己。蓓琪一跃而起,伸手去抓自己的帽子,却发

她看到那个女佣蓓琪正坐在壁炉前面的安乐椅上,已经沉沉地睡着了。

觉帽子挂在耳朵上，又慌忙把它戴正。唉，这下她可惹上大麻烦啦，竟然冒冒失失地在这样一位小姐的座椅上睡熟了！她一定会被赶出大门，拿不到工钱……蓓琪无力地跪在地板上，悲伤地流着眼泪说："小姐……请您原谅……请您原谅我这次的过失吧！"萨拉赶忙从椅子里站起来，走到蓓琪的身边蹲下，说道："没有关系，用不着向我道歉。任何人在困倦的时候总是想休息一下的，你快起来吧！"

蓓琪这才小心翼翼地抬起头来，用她充满泪水的眼睛望着萨拉，呼吸几乎要停止了。她觉得自己像是在梦里一样，因为她从来没有听到过别人用这种温柔、亲切的语气对自己说话。

"那么……小姐，您没有生我的气吗？您不会把我的过失告诉校长吗？"

"我不会告诉别人的。"萨拉微笑着说，"我们不都一样是女孩子吗？只是因为偶然的机缘，一个成为了幸运的人，而另一个成为了不幸的人罢了。如果我和你一样是处在这种境遇的话，我想我也会睡着的。"

蓓琪没有进过学校，对萨拉所说的话似乎还不太理解，只是用怯懦的眼光望着萨拉。

萨拉明白她的心情，马上转变了话题，温柔地对她说："你的工作都做完了吗？能不能在这里多待一会儿？"

"这儿？小姐！我？"

萨拉跑到门口，打开门向外面张望了一会儿，没见到一个人。

"现在不会有人来，"她对蓓琪轻声说道，"如果你已经把卧室收拾好了，我想让你在我这里待一会儿。或许你愿意吃一块蛋糕？"

随后的10分钟对蓓琪来说，就像是在梦境中一样。萨拉打开柜

那蛋糕太好吃了,蓓琪狼吞虎咽地吃了下去。
萨拉看着蓓琪吃得这么香,非常高兴。

门，拿出一片厚厚的蛋糕。那蛋糕太好吃了，蓓琪狼吞虎咽地吃了下去。萨拉看着蓓琪吃得这么香，非常高兴。

由于萨拉是那么和蔼，蓓琪渐渐忘掉了恐惧，刚才紧张的心情也慢慢地放松了。

蓓琪吃完蛋糕，问道："小姐，这件连衣裙是您所有衣服中最好的吗？"

"算不上是最好的，但我最喜欢穿这种舞衣了。"

蓓琪看了萨拉一会儿，恭恭敬敬地说："我以前曾经在公园里见过公主哩！那时，她也穿着像您这样的粉红色裙子。小姐，您真的很像那位公主啊！"

萨拉听了，轻声说："我常常幻想自己能成为公主。如果真的当了公主，感觉又会怎么样呢！我想我会努力做一位'好公主'。"

蓓琪又听不懂她的话了。

萨拉好像想起了什么，对蓓琪说："蓓琪，上次你是不是没有听完我讲的故事？"

蓓琪显得有些害怕地说："是的，小姐。您讲的那个故事太吸引人了，所以我……"

"那么，我可以把你没听完的故事继续讲给你听！"

"什么？您会讲故事给我听？就像讲给其他的小姐一样？"

"是的。每个人都爱听有趣的故事，你不也一样吗？对讲故事的人来说，最快乐的事无非是把故事讲给喜欢听的人了！不过，今天恐怕不行了，因为没有时间了。这样吧，你告诉我你每天来打扫房间的时间，到时候我尽可能在房间里等你，每天讲一段给你听。"

从萨拉房间里走出去的蓓琪，已经不再是那个疲惫不堪的小姑娘了。她心中充满了快乐，口袋里还有一块好吃的蛋糕。当然，她心里的这种轻松愉快的温暖感觉,并不仅仅是因为蛋糕和炉火,更是因为萨拉的善良。这是她有生以来头一次感受到温暖的友情,她的身心都沉浸在这春天般的感觉里。

蓓琪走出房间以后,萨拉又坐在她爱坐的那把椅子上,两手托住下巴,想:我如果是一个公主,就有能力去帮助那些困苦的人们了。虽然我并不是真正的公主,但我还是可以像公主那样,给我周围的人一些帮助——就像刚才那样,让蓓琪高兴一些。对了,今后我一定要做许多使别人感到温暖和快乐的事情,就好像是公主给人们送礼物似的。

这是她有生以来头一次感受到温暖的友情,她的身心都沉浸在这春天般的感觉里。

从那以后，萨拉和蓓琪之间的友谊发展得很快，但是她们隐藏得很好，一直没有让明卿小姐发现。每次，蓓琪在萨拉的房间都不会超过5分钟。在这5分钟里，萨拉会讲一段故事，拿点糖果装进蓓琪的口袋里。萨拉还时常到街上买些好吃的点心带回来送给蓓琪。

如果萨拉是个普通的女孩子，那么在学校所过的几年生活可能对她毫无益处，说不定还会将她放纵成坏孩子呢！因为萨拉在学校里享受的几乎是贵宾般的待遇。明卿小姐虽然心里不喜欢她，但因为她是有钱人家的女儿，便对她处处讨好、称赞，千方百计使萨拉不厌倦学校里的生活。所幸，萨拉是个聪明伶俐又很懂事的孩子，尽管处处被优待，也没因此被惯坏。

萨拉始终以为，自己只不过是因为有一位好父亲才被人称赞的。因此，她总是待人谦虚客气，毫无骄恃的态度。

有一次，就连那个和拉比亚非常要好的洁茜也说："虽然我不喜欢萨拉，可是我觉得她有一个优点。你看，她尽管有那么多漂亮值钱的服装，功课又那么好，可是却一点都不骄傲。如果我是她的话，我一定会非常自豪和骄傲的！"

萨拉的名望越高，拉比亚的忌妒也越深。拉比亚经常在背地里诅咒萨拉，说她的坏话。为了和萨拉竞争，无论是服装、文具还是洋娃娃，她都尽量买最好的、价钱最贵的。然而，尽管为此已煞费苦心，她却总是比不上萨拉。萨拉的魅力并不是完全来自那些物品，更多的是来自她个人从内心深处展现出的谦虚和高尚的人格。

本章主人公萨拉又多了一个好朋友——蓓琪。蓓琪只是一个女佣，可是萨拉一点也不觉得她卑贱，为了她居然可以跟拉比亚据理力争。萨拉的魅力来自她的自信和乐于助人的品格。要成为公主，关键不在于华丽的外表，而在于善良、高贵的内心。

生日会

萨拉的父亲决定投资钻石矿。可是,萨拉从父亲的来信中得知他过得并不好,只能懂事地安慰父亲。但是很不幸,在萨拉的生日宴会上,居然传来了父亲去世的噩耗。没有了父亲的呵护和财富,萨拉该如何面对这一切?明卿小姐会帮助这个可怜的孤女吗?

此后不久,发生了一件令人兴奋的事情。不仅是萨拉,整个学校都在谈论这个话题。萨拉的父亲在来信中提到:他小时候的朋友有一天突然去拜访他,告诉他自己在印度的一片土地里发现了一个很大的钻石矿。朋友想开采这些钻石,但资金不足,所以想到了学生时代的好友,于是找到了他,想让他做事业上的合伙人,将来共享这笔巨额财富。

女孩子们对钻石很感兴趣。她们听说这件事后,叽叽喳喳地议论起来。只有一个人在一旁冷笑,那就是拉比亚。她不屑地说:"什么矿山,简直是白日做梦!"

正在这时候,萨拉和洛蒂进来了,拉比亚立即闭了嘴。萨拉似乎什么都不知道,拿出一本《法国革命史》,在窗边的座位上坐下,专心读起来。洛蒂在地板上跑来跑去地玩耍起来。

过了一会儿,洛蒂一不小心跌了一跤,把膝盖擦破了,疼得哇哇直哭。"不要吵!"拉比亚大声呵斥道,"别再哭了,你这个爱哭虫!"

"我不是爱哭虫！哇……哇……萨拉小姐，萨拉小姐，哇！"洛蒂哭得更加厉害了。

萨拉立刻放下书本，穿过教室跑到洛蒂跟前，用双臂搂住她。"好了，洛蒂，"萨拉说，"你答应过我的。"

"她说我是'爱哭虫'。"洛蒂哭着说。萨拉轻轻拍着她，并用坚定的语调说："如果你还哭，那你就会是'爱哭虫'了。洛蒂宝贝儿，你答应过我的。"然而，洛蒂还是没有停止哭闹。"哇……哇……我没有妈妈……没有妈妈呀！"

"不要吵！"拉比亚再次暴躁地呵斥道，"你这个野孩子，不管什么时候，总是大哭大闹。再不停止，我就要揍你了！"

"如果你还哭，那你就会是'爱哭虫'了。洛蒂宝贝儿，你答应过我的。"

萨拉听了，立刻严厉地瞪着拉比亚，说道："拉比亚小姐，请你不要用这样粗暴的态度来待人。难道你不能温柔些对待年纪较小的孩子吗？"

拉比亚听了，带着嘲讽的语气说："是的，'公主'。我这样的野蛮人当然不能和拥有钻石矿的'高贵公主'你相比呀！"

萨拉的脸立刻涨得通红。学习公主的模样这件事对萨拉来说，既是最大的愿望，也是最不愿意让别人知道的事情。

萨拉一时羞愤交加，默然不语。但过了一会儿，她抬起头来，庄重地说："是的，拉比亚小姐，你说的没错。我时常学习公主的模样，这是因为公主是值得我们学习的人。假如我努力学习她的模样，我相信自然会表现出像公主那样的崇高品格和行为。这有什么不对呢？"

她的话真诚而坦率，使得拉比亚一时竟答不上话来。

"洛蒂，走，我们离开这里，到我房间去吧！"萨拉带着仍在伤心哭泣的洛蒂，默默地走出了康乐室。

经过这次事情以后，全校的学生都称呼萨拉为"公主"。那些讨厌萨拉的学生在想要讽刺她的时候，就故意称她"公主"；那些真正喜欢萨拉的学生，为了表示对萨拉的爱慕和尊敬，也总是称她为"公主"。明卿小姐也知道了这件事，于是每次有来宾光临学校的时候，便向他们说起这件事，以此来夸耀萨拉。

因为大家经常称自己为"公主"，萨拉也渐渐觉得自己是公主了。

一天，当蓓琪来到萨拉的房间时，萨拉又给她准备了一块好吃的点心，让她带回去吃。

"我必须吃得很小心，小姐。"蓓琪说，"因为如果我掉了碎屑，老鼠就要出来吃啦。"

"老鼠!"萨拉惊呼道,"你那儿有老鼠?"

"多得很呢,小姐。"蓓琪老老实实地回答,"阁楼里通常会有很多老鼠。我对它们四处乱窜时发出的响声已经习惯了。我想,只要它们不在我枕头上跑就行。"

"哎呀,真是难以想象啊!"萨拉说。

"任何事情经过一段时间就会习惯的。"蓓琪说,"小姐,如果您生来就是个厨房工头,就不得不这样。我宁愿看见老鼠也不愿看见蟑螂。"

"我也是。"萨拉说,"我想你会和老鼠友好相处的,但是我确信我不会喜欢和蟑螂交朋友。"

有时,蓓琪不敢在萨拉的房间里多待。碰到这种情况,萨拉会迅速将一件买来的小礼物塞进蓓琪的裙子口袋里。萨拉每次乘车或步行外出时,最留意的就是食品店的橱窗。她第一次带回两三个肉馅饼时,蓓琪的眼睛都亮了。"哦,小姐!"蓓琪喃喃地说,"这真是填饱肚子的好东西。填饱肚子最要紧。松糕是种滋味美妙的东西,但它一会儿就被消化了。肉馅饼就不一样了,它能够充饥。"

有了萨拉的帮助,蓓琪开始逐渐地感到没那么饥饿与疲劳了,也不再觉得煤箱非常沉重了。

萨拉在学校里快乐地生活着。不知不觉,两年又平安无事地过去了。现在,她11岁生日就快到来了。

一年以来,大概是忙于矿山事务的缘故,克鲁上尉没有像以前那样经常给萨拉来信。还有几周就要到萨拉的生日了,克鲁上尉给萨拉写来了一封信。这封信让人隐约感觉到,写信的人不像往常那样孩子气十足了。显然,钻石矿的事务压得他喘不过气来。

"你知道,小萨拉。"他写道,"你的爸爸根本不是个生意人,数据和商业文件让我感到非常烦心。近来,我常常发烧,夜里有时会失眠。我想，如果我们的小公主在我身边的话，一定会好好地照顾我，是不是，我的小公主？萨拉，你这次过生日的时候，我想再送一个洋娃娃给你。你会喜欢吗？爸爸已经在法国巴黎的一家工厂为你定做了一个可爱的洋娃娃哩……"

萨拉看完，立刻给爸爸回了一封信。在信中，她首先表达了对爸爸身体的担心，请他一定要保重自己；然后，她写了自己对洋娃娃的感想，写得十分有趣。她在信中写道："我渐渐长大了，以后

碰到这种情况，萨拉会迅速将一件买来的小礼物塞进蓓琪的裙子口袋里。

恐怕不会再有人送我洋娃娃。所以，也许这次爸爸送我的洋娃娃便是我收到的最后一个洋娃娃了。这'最后一个洋娃娃'在我心中引起许许多多的感触。假如我能像古代那些有名的诗人那样写出美丽的诗句抒发自己的感情，那该多好啊！无论是什么样的洋娃娃都不能取代艾米丽宝宝的地位，但我还是会好好地珍爱这将要来临的洋娃娃的。我想，每个女孩都会期待着那'最后一个洋娃娃'，因为没有女孩子不喜欢洋娃娃的。有些15岁以上的女孩，就算表现出不喜欢洋娃娃的样子来，我想她们也绝不是真的讨厌洋娃娃，而是想装得像大人的模样罢了。爸爸，您说是吗？"

克鲁上尉读这封信时，正感到头痛欲裂。但是，萨拉的信使他笑了起来，这是他几周以来第一次笑。"哦，"他说，"她一年比一年有趣了。希望这生意能好转起来，让我有空回国去看望她。我什么都可以不要，只要她的小胳膊此刻搂着我的脖子！我什么都不要！"

学校决定为萨拉的生日举办盛大的庆祝会。那一天，全校的学生都要参加庆祝会，学生们还将表演助兴节目。生日当天，萨拉吃过早餐回到房间，发现桌子上放着一个小包裹。"咦，这是什么呢？"轻轻地打开一看，原来是一块用红色旧绒布做成的针插。针插上面用黑色的别针拼成了"生日快乐"的字样。

"啊，这一定是蓓琪送我的礼物。"

萨拉的心底忽然涌出一股暖融融的感觉。除了蓓琪，还有谁会送出如此可爱而真诚的礼物呢？一块显得十分破旧的绒布……还有几根古老的别针……这个小小的礼物代表一个穷苦女孩的真诚祝福，那是多么可贵呀！

萨拉竟被感动得流下眼泪，泪水滴落在红色的针插上面。这时，房门被轻轻推开了，蓓琪伸出头来，说："小姐，那个东西您喜欢吗?"

蓓琪不好意思地说:"我很想在您生日这天给您送件礼物。但是,我没有钱买礼物,所以向别人要来那块旧的碎绒布,花了几个晚上的时间才把它做好。我想小姐一定会替我将它想象成用顶好的绒布做成的,而且上面插的是钻石针哩!"

萨拉跑过去,紧握住蓓琪的双手,说:"啊,谢谢你,蓓琪!我爱你!你送我这样好的礼物,我实在高兴极了。"

"小姐,这不过是……"

"我知道。但是,它完全是你自己心血的结晶,而且你是熬夜替我赶制的呀!还有比这件礼物更可贵的吗?我从来没有收到过使

萨拉竟被感动得流下眼泪,泪水滴落在红色的针插上面。

我这么高兴的礼物。"

"小姐！"蓓琪也高兴得流下了眼泪。她说："我……我才是高兴极了呢！这样粗陋的东西竟能使小姐高兴，真是让我料想不到。我都不知道该说些什么才好了。"

学生们利用整个上午的时间将餐厅布置得非常漂亮。每张桌子上都摆着五颜六色的糖果和美丽的鲜花，在前面的桌子上还放着一个漂亮的大蛋糕。

下午，大家列队进入悬挂着冬青的餐厅后，明卿小姐穿着自己最华丽的丝绸裙装，领着萨拉走了进来。紧紧跟随其后的是捧着装有"最后的洋娃娃"盒子的玛勒特，女佣燕玛捧着另一个礼盒。蓓琪围着一条干净的围裙，戴着顶新的帽子，捧着一个礼盒走在后面。

学生们都感叹着睁大了眼睛：萨拉的衣裳是多么华丽啊！她佩戴的项链是多么高贵！少女们虽然不知道那些衣饰的价值，但她们确定自己从来没见过这样华贵的饰品和衣物。

连拉比亚都一时忘了嫉妒，看得入了神。

"你看，我的'妈妈'是多么漂亮呀！"洛蒂自豪地对旁边的同学说。

"你看，她的衣裳下摆上那些晶莹发光的宝石可能是钻石啊！"

"她简直像个真正的公主。"

明卿小姐听到那些窃窃私语，装模作样地咳嗽了一声，站起来说道："诸位同学，请安静！玛勒特，把那盒子放到桌子上，然后将盖子打开；燕玛，你把东西放在椅子上；还有蓓琪，你手上抱着的盒子就放在地板上吧！好，好，就这样。现在，你们都出去吧！"

她们三人按照明卿小姐的吩咐退出去，而蓓琪一边走还一边留恋地望着装洋娃娃的盒子。

"校长,"萨拉忽然说道,"请校长允许蓓琪留下来吧!"

"为什么呢?"

"我想,她也希望看到那些礼物,因为她和我们一样也是小女孩啊!"

"萨拉小姐,你应该知道,蓓琪这样的下人和你们这些小姐的身份可大不相同啊!"

明卿小姐从来没有认为蓓琪和萨拉她们是一样的小女孩。在她的眼中,下人只不过是扫地、搬煤炭和打杂的"机器"而已。

"可是,我觉得蓓琪和我们是一样的啊。今天是我的生日,还

"我想,她也希望看到那些礼物,因为她和我们一样也是小女孩啊!"

请校长看在我的面子上,让她留在这里吧!"

明卿小姐皱了皱眉。既然是萨拉执意坚持,她也无可奈何,只好回答:"好吧!今天特别准许她留在这儿。蓓琪,快向萨拉小姐道谢呀!"

蓓琪站在餐厅的墙角,畏怯地揉搓着围裙的带子。她一听见明卿小姐的话,立刻高兴地走到萨拉面前,行了个礼,说:"小姐,谢谢您。我真希望能看到那个洋娃娃呀,我太高兴啦!校长,谢谢您准许我留在这里。"

"你站到那边去。"明卿小姐指着门口说。

蓓琪立刻走了过去。她不介意站在什么地方,只要是在这餐厅里面,只要能够看到那个洋娃娃,总比在厨房焦急好得多。

明卿小姐向大家扫视了一圈,说:"各位同学,大家都知道,今天是萨拉11岁的生日。在学校里,她不仅功课最好,而且头脑也是最聪明的。尤其是她的法语和舞蹈,可以说是本校最大的荣誉。"

"嗯,真是个宝贝学生。"拉比亚低声说道。

明卿小姐继续说:"不仅如此,萨拉还具有公主般高贵的品德,她今天特地举办这个茶会来招待大家。我想你们一定很快乐吧!现在,请大家一同大声说'谢谢萨拉小姐'。"

学生们都站了起来,齐声说道:"谢谢萨拉小姐!"

萨拉有点不好意思,脸红了,但又立刻轻轻提了提裙边,用非常优雅的姿势向大家还礼,说:"谢谢你们来参加。"

"萨拉小姐,你做得很好。"明卿小姐赞扬道。

这时候,阿米莉亚小姐推门进来了。

"姐姐,有客人来了。"说着,她将手中的名片递给明卿小姐,并在她的耳边低声说了几句话。

"萨拉小姐,你爸爸的代理人到学校来了。他有要紧的事要和我谈谈，所以我不得不失陪一会儿。"

明卿小姐说罢便站起身来，对大家说："姑娘们，我必须离开去办点事，你们和萨拉小姐一块儿吃些糖果，随便玩吧！"

明卿小姐和阿米莉亚小姐刚走出门去，小女孩们就从她们的座位上跳起或翻滚下来，大女孩们也迅速地离开她们的座位。大家都冲向那些礼品盒子。

萨拉心想：爸爸的代理人是为何而来呢？反正一会儿就知道了。于是，她也没再去想这件事。

她首先看到的是放在地板上的礼盒。她高兴地摸着礼盒，说："这个看样子是书吧！"

亚美在一旁说："咦，你爸爸在你生日的时候也送书吗？那可就和我爸爸的习惯一样了。那么，我们等一会儿再看它吧！我们太想看那个洋娃娃了。"

"对。虽然我很喜欢书，但是今天大家最想看的是洋娃娃，所以我还是先打开那个盒子吧！"

当萨拉从盒子里取出洋娃娃时，女孩们都惊呆了。洋娃娃实在是美极了！姑娘们发出一片欢乐的赞叹声，围过来七手八脚地争抢着，都想端详端详这个洋娃娃。

"这个娃娃的着装就像是要去参加宴会一样华丽啊！"连拉比亚都感叹起来。

"外套上的貂皮都是真的呢！"

"还有一个箱子，快打开让我们看看。"

萨拉坐在地毯上，把箱子打开。原来，那箱子里面装满了华贵艳丽的洋娃娃衣裳和饰品，有舞衣、散步衣、外出服、起居服，还有带蕾丝的围巾、丝袜，以及项链、手套、帽子、扇子等。

每看到一样东西，女孩们都会禁不住发出惊奇的叫声。萨拉给洋娃娃戴上丝绒的帽子,瞧着洋娃娃甜甜微笑的样子,说道:"大概她能懂得我们说的话,正高兴地听大家的称赞呢!"

拉比亚冷笑着说:"你怎么老是喜欢幻想呢?"

"是的,我觉得幻想是最有趣的事了。如果执着地想某一件事,有时就会觉得仿佛真会实现。"

"当然,你父亲很有钱,所以你能够随便幻想。但是,万一你变成了乞丐,连住的地方都没有了,你还能幻想吗?还能学什么公主的模样吗?"

"我想一定还会这样的。无论是变得贫穷还是成为乞丐,我依然可以幻想,可以学习任何高尚人物的模样。虽然那时候也许很艰

当萨拉从盒子里取出洋娃娃时,女孩们都惊呆了。洋娃娃实在是美极了!姑娘们发出一片欢乐的赞叹声。

难,但是我仍然可以用幻想使自己的生活快乐一些。"

此时此地,萨拉说出这样的话来,难道是一种巧合吗?

她并不知道自己已经预示了自己的命运。

"什么?那个……那个克鲁上尉去世了吗?"明卿小姐突然惊叫起来。她的手中紧抓着克鲁上尉的死亡通知书。

这是多么出人意料的事,又是多么突如其来的坏消息啊!

萨拉坐在地毯上,把箱子打开。原来,那箱子里面装满了华贵艳丽的洋娃娃衣裳和饰品。

"是的，非常不幸，上尉患了严重的疟疾，突然去世了。他在去世以前，因为钻石矿事业不太顺利，身体已经变得相当虚弱……"

律师说到这儿，明卿小姐急切地插话道："那么，他的矿山没有开办成功吗？总不至于……"

"你是想说，上尉总不至于变成穷光蛋，是吗？很不幸，上尉去世时，真的已经不名一文了。"

"什么？"

"克鲁上尉完全破产啦！"

"什么？那个……那个克鲁上尉去世了吗？"明卿小姐突然惊叫起来。

"怎么会破产?"

"大部分投资开采钻石矿的人是以破产告终的。以克鲁上尉来说……"

据律师的述说,上尉轻信了他那位好友的花言巧语,把财产完全投资在自己并不熟悉的钻石矿业上。岂料,这事业开展得并不顺利,最后连他那个好友都失踪了。就在那个时候,上尉感染上了可怕的疟疾。

明卿小姐仿佛是在做噩梦似的。她被这令人难以置信的事震惊得六神无主。她最得意的学生的父亲和最慷慨的出资人,突然从这个模范学校消失了。她觉得自己受骗了,用颤抖的声音大声嚷道:"那么,你的意思是说,克鲁上尉死了,连一分钱也没有了?换句话说,萨拉不但不能成为有钱的高贵小姐,反而会变成留在我这儿吃闲饭的,是不是?"

"是的,大概就是这样,"那律师又说,"而且你还得抚养克鲁上尉的女儿,因为那孩子一点财产也没有,还没有别的亲戚。"

明卿小姐听了这话,全身颤抖。她做梦也没想到,美事最后竟会变成这样的灾难。不但如此,她已经为萨拉的生日花费了不少钱,甚至还在赞誉她,称她是"萨拉公主"哩!

这时,餐厅那边不断地传来学生们欢呼的声音——不知情的萨拉和那些同学们正在快乐地做着游戏呢!

明卿小姐突然站了起来,大叫着:"真是岂有此理!那孩子这次的生日庆祝会费用,完全是拿我的钱来预付的呢!"

委托人似乎在嘲笑她,说道:"……我们受委托的人也已经不能向你支付任何经费了,因为克鲁上尉去世前并没有再交给我们一分钱。"

"那么，现在我应该怎么办呢？"

"我也没什么好办法。"律师很沉重地说，"克鲁上尉已经死了，那孩子没有得到半分遗产。如果必须有人负责孩子的将来，那也只有你了。"

"什么？凭什么要我负责她的将来？我……我没有接受这个责任的义务。"校长悍然道。

"不管你是愿意负责也好，拒绝收容她也好，反正与我无关。我只能说，对这次的事情我感到非常抱歉……"

"如果你想把那孩子推给我一走了之，那就错了。我是被人给坑了！等着吧，我一定要将那孩子赶出校门。"

"可是，校长。"律师站起身来说，"你这样的想法实在是不明智的。如果把一个孤女赶出校门，那会损害学校名誉的，而你自己也得不到什么好处。为什么不把她留在学校里，叫她帮着做点工作呢？"

他的忠告的确触到明卿小姐的痛处了，因为她是个最爱面子的人。

一切都完啦！明卿小姐又气又悔，攥紧拳头向餐厅跑去……

"喂！你们还在吵什么！现在，每个人都回到自己的房间里去！赶快！"

正在做游戏的和在旁边鼓掌喝彩的学生都被吓了一跳，立刻安静下来看着校长。

校长气冲冲地走到萨拉身边，说："萨拉，赶快把你身上的衣裳脱下来！我告诉你，从现在起，你不再是什么富家小姐了。你已经变成赤贫的乞丐了，而且是让我白搭了几千块钱的乞丐哩！"

萨拉一时茫然不知所措，莫名其妙地望着校长。她觉得校长也许发疯了。

"你……你怎么还敢这样看着我?赶快把你那身衣裳脱掉,穿上黑色的衣服。你爸爸已经死了!"

"什么?……"

"你爸爸因为投资了钻石矿事业,不但把所有的钱都赔光了,而且最后得病死去了。现在,你既是个孤儿,又是个乞丐。明白了吗?"

萨拉的脸如同石化般失去了表情,没有光芒的眼睛睁得大大的,脸上一点光彩也没有了,呆呆地望着明卿小姐,一动也不动。

萨拉的脸如同石化般失去了表情,没有光芒的眼睛睁得大大的,脸上一点光彩也没有了,呆呆地望着明卿小姐,一动也不动。

校长以为萨拉听到父亲的死讯时，一定会大哭一场的。然而，她并没有哭，只是挺直地站在那里，凝视着校长的脸。明卿小姐心想：这孩子真可怕，她看着我的目光是多么奇异呀！

这时，从房间的一个角落里传来哭泣的声音——原来是亚美。

萨拉听见那哭声，突然转身跑了出去。

两小时以后，萨拉被叫到明卿小姐的办公室。

萨拉穿上那件仅有的黑绒衣服，紧抱着艾米丽，站在明卿小姐面前。

从跑出餐厅直到现在，她自己都不知道自己在房间里做了些什么事。她茫然地在房间里踱来踱去，不断地喃喃自语："爸爸已经去世了……爸爸已经去世了……"

她不用玛勒特帮助，穿上了那件早被弃在一边的黑色天鹅绒连衣裙。衣服太短太紧，她的两条纤细的腿露在过短的裙裾外面，显得又长又瘦。因为没有找到黑色发带，她浓密的黑发松散地垂在脸旁，和苍白的脸色形成鲜明对比。她用一只手臂紧紧搂着艾米丽，而艾米丽身上裹着一块黑色的布料。可是，萨拉楚楚可怜的样子并没有令冷酷无情的明卿小姐产生丝毫怜悯和同情。

"放下你的洋娃娃，赶快把它放下！今后，你没时间玩洋娃娃了！你必须干活，使自己成为一个有用的人。

"你要明白，从现在起，你是一个无人可以依靠的穷光蛋，奢华生活已成为过去了。你要清楚地明白这一点！

"你为什么不回答我？你又不是哑巴。如果你还不明白，我就再说一遍。你现在是个孤儿，没有一分钱。除了我特别仁慈，让你留在这里，不会再有人管你了。"明卿小姐吼道。

"我知道……"萨拉小声地回答道。她艰难地咽了口口水，似乎想要将堵在喉咙里的东西吞进去一样。

"你现在是个孤儿,没有一分钱。除了我特别仁慈,让你留在这里,不会再有人管你了。"

"不要再装模作样了，你以为自己是小公主吗？你现在和蓓琪没什么不同。你不再是一位公主，你的马车和矮种马将被打发走，你的女仆也要被解雇。你将穿上最破旧、最普通的衣服，以前的华丽服饰不再适合你的身份了。你只不过是个下人而已，你必须去工作才有饭吃。"

听到她这么说，萨拉的眼中不但没有哀伤，反而显出光彩。

"我可以干活吗？"她说，"我是愿意工作的，你要让我做什么呢？"

"不管什么事，只要叫你做，你就得做，无论是扫地、跑腿儿，还是在厨房打杂儿。如果你能胜任，我就可以让你留在这儿。另外，你的法语说得不错，我看你完全可以帮助那些有困难的孩子。"

"我真的可以吗？"萨拉欣喜地说，"啊，请允许我教她们吧！我知道我能教她们。我喜欢她们，她们也喜欢我。"

"不要胡扯什么谁喜欢你。"明卿小姐说，"现在，你必须自己做点事情，而不是白吃白穿。"

明卿小姐在叫萨拉谈话之前，就今后如何安置萨拉的问题考虑了很久。考虑的结果是，她认为既不损坏学校的名誉，又能保全自己的体面，而且对自己还有几分好处的办法，就是像那位律师所说的那样，让萨拉留在学校里工作。萨拉虽然不大，但她却是个非常聪明伶俐的孩子，一定能做许多事。假如让她在这里工作几年，也许能捞回一部分损失。

但是，虚伪的明卿小姐还想让萨拉认为自己是出于同情和慈悲才收留了她，从而让萨拉感激自己。

"那么，既然你愿意工作，我就一定不会赶你走，否则你流浪街头就太可怜了。为了感谢我，你可得认真勤奋地工作才行啊。如果我发现你有偷懒的行为，或者你使我不高兴的话，我就立刻把你赶出去。明白了吗？如果你明白了，那就去吧！"

萨拉向校长的脸望了许久。然后，她默默地点了点头，转身正要朝外走。

"站住！"明卿小姐说，"你不想谢谢我吗？"

萨拉站住了，所有那些深藏的奇异念头都涌上心头。

"为了什么？"她说。

"为了我对你的慈悲，"明卿小姐回答，"为了我仁慈地给了你一个家。"

萨拉深吸一口气，向前迈了两三步，瘦小的胸膛上下起伏着。她用一种奇异的、脱尽稚气的严厉口吻说："校长，我觉得你并不是位仁慈的人，而且这里也不是个家。家应该是个温暖的地方！"

萨拉说罢，转身跑了出去。

她把艾米丽紧紧抱在胸前，心悲伤得几乎要碎裂。她走上楼梯，心想：明卿小姐所重视的并不是我，而是金钱。所以，我有钱的时候，校长对我是很好的；而没有了钱的萨拉，是她最讨厌的。

她咬紧牙关，强忍着就要涌出来的眼泪。走到房间门口的时候，恰巧遇上从里面出来的阿米莉亚小姐。

阿米莉亚看见萨拉走过来，不禁愣了愣，似乎有什么事让她难以开口。最后，她小心翼翼地说："萨拉，你不能回这里住了。"

萨拉听了，感到非常惊讶："为什么我不能进去呢？"

比校长心肠好的阿米莉亚似乎很为难，继续红着脸说："因为……因为这个房间已经不再属于你了……"

萨拉恍然大悟，自己不再是那个享受特权的小姐了。她默默地低下了头。

是啊，现在她已经不是那个有钱的萨拉了，不但不能进入这个特别房间，就连当学生的资格也没有了。她现在只是个孤儿，是和蓓琪一样的下人。

"那么，我……我应该住在哪里呢？"

"从今天起，你只能住到屋顶下的阁楼里了，在蓓琪的隔壁……"

本章是萨拉命运的一个转折点。父亲的去世和破产使萨拉顿时由"公主"变为孤女，明卿小姐的态度也发生了180度的大转弯。我们都为萨拉今后的命运担忧不已。人的一生经常遇到困难，要么被困难打倒，要么战胜困难，使自己变得强大。这个时候，力量从哪里来？一是信念，一是朋友。萨拉就有几个好朋友，所以她不会孤独无助。

在阁楼上

　　萨拉住到阁楼里了,过起了用人的生活。可贵的是,她的友情经受住了严峻的考验,蓓琪依然视她为"公主";洛蒂依然像依赖妈妈一样地依赖她;亚美也常常偷偷来看她,对她的感情丝毫不变。在这残酷的世上,这几份友谊之火能否温暖萨拉的心呢?

　　来到了阁楼上,萨拉发现这里事实上比蓓琪说的还要糟——既阴暗又破落。

　　由于屋顶倾斜,阁楼的天花板一边高一边矮。墙壁是用破板子拼凑起来的,上面的油漆已经斑驳脱落。

　　屋子里有一个小小的生满铁锈的火炉,还有一把看上去一坐就要散架的古老椅子和一张摇摇晃晃的桌子。屋顶的一边有一个小小的天窗,几缕阳光从那儿射进来,给这个昏暗而凄凉的小屋送来微弱的光。

　　天窗下的角落里有个破旧的红色凳子,萨拉走过去,坐在上面。她将艾米丽紧紧地抱在胸前,默默地坐着。一切都恍然似梦,哪个是梦境,哪个是现实呢?也许从前的萨拉才是生活在假想的幸福中哩!

　　她就这样一直坐着,沉浸在宁静和悲伤之中。不知过了多久,轻轻的敲门声响起,接着门被小心翼翼地推开了,门后露出一张可怜兮兮的、泪水模糊的脸，那是蓓琪的脸。蓓琪在厨房洗碗时已暗自哭了几个小时。她那双眼睛被围裙擦得又红又肿，整个人看上去都变样了。

"哦，小姐。"她看着萨拉，努力装得很平静地说，"我可以进来一下吗？"

萨拉抬起头来，想试着对她笑一笑，但怎么也笑不出来。她像是恢复了孩子的本性似的，眼泪哗哗地流了出来。她哭叫起来："蓓琪，我们两个是完全相同的，你明白吗？我现在连爸爸都没有了，我不再是'公主'了。"

蓓琪朝萨拉跑过来，把她搂在自己的胸前，爱怜而又痛苦地抽泣着。蓓琪很伤心，因为她太爱萨拉了。她担心萨拉无法承受这样的打击，更担心萨拉如何适应女佣的生活。

蓓琪不知道该怎样安慰萨拉，只是喃喃地说："你是公主，小姐，你是的。无论你得到什么，失去什么，什么都不能否定你是公主。"

萨拉感到了一丝温暖。她擦着眼泪说："谢谢你，你是我永远的朋友！"

蓓琪拉着她的手说："小姐，你有什么做不了的，我就帮你做，你不要太辛苦。我会尽可能地伺候你！"

"你不要这样！我会坚强起来的，因为爸爸和妈妈在天堂看着我呢！我不会让他们失望的。"

两个孩子紧紧地拥抱在一起。在这个时候，蓓琪的友谊对萨拉来说太重要了。

在阁楼里度过的第一个晚上让萨拉永生难忘。在这漫漫长夜中，她沉浸在悲伤和孤独的深渊里久久不能入睡。蒙眬中，父亲的幻影总是浮现在她的眼前。她的幼小心灵几乎无法承受这样的极度痛楚。

外面的夜好像比哪一天都黑。风在屋顶上的烟囱之间呼啸，好像有什么人在大声号哭。然而，还有比这更糟糕的事呢！那就是墙壁里和踢脚板后传出什么东西的打闹声、搔抓声和吱吱的叫声。她知道那是什么，因为蓓琪曾讲述过那些情况。大大小小的老鼠不是在打架，就是在一块儿玩耍。有那么一两次，她甚至听到它们的尖脚趾在地板上划过的声音。她吓得从床上惊跳起来，坐在那里瑟瑟发抖。等再躺下时，她就用被子蒙住了整个头。

从这一夜起，萨拉的生活发生了巨大的改变，像是由高高的天堂突然跌落到地狱似的。

她的工作越来越繁重，连厨师和其他的女佣们也都像明卿小姐一样，不停地支使她干这干那。那些人觉得，可以任意对曾经被校长看作最宝贵的、备受大家追捧的孩子指手画脚，是件非常痛快的事。

起初，萨拉认为，只要自己认真工作，周围的人们就会对她温柔、客气些。可是，她想错了。她越是诚心诚意做好吩咐她的事情，那些粗鲁的女佣就越是盛气凌人，要求也越苛刻，而爱骂人的厨子则更加随便地责备她。

那些人知道萨拉很顺从，工作起来不辞辛劳，于是变本加厉地使唤她。从早到晚，萨拉简直累得透不过气来。

校长现在什么都不让她学。她每天被大家呼来唤去，东奔西跑，只能在忙碌了一整天后，才被允许进入空无一人的教室，带着一摞旧书，独自在夜间用功。

"如果我不自己复习已经学过的东西，或许我会把它们忘掉的。"她对自己说，"我差不多成为厨房丫头了，如果我是个一无所知的厨房丫头，我就会像可怜的蓓琪一样了。"

在这样的新生活中,萨拉和姑娘们的关系也变得奇怪起来:她不再是她们中间的贵族人物,甚至根本不再是她们中的一员了。她被人支使,没完没了地工作,几乎没有机会和她们中的任何人说话。不难看出,明卿小姐根本就不想让她有机会和姑娘们亲近。

"我绝不让她与别的孩子形成亲密关系,也不让她同她们谈话。"明卿小姐曾经对她妹妹说。

"女孩子们爱发牢骚。如果她开始讲关于她自己的荒诞故事,她会成为故事中受虐待的主人公,这会给学生的家长们一个错误的印象。所以,最好让她过着隔离的生活,一种适合她的处境的生活。我给了她一个'家',这已经够多了。"

她只能在忙碌了一整天后,才被允许进入空无一人的教室,带着一摞旧书,独自在夜间用功。

萨拉并不指望得到很多。她很自傲，也不屑去亲近那些态度上明显对她不友好的女孩们。萨拉从不寻衅，也不妨碍别人，可她也不怕别人的挑衅，每次都能不卑不亢地应付那些刁难。她像苦工一样干活，带着包裹和篮子在雨中的街道上迈着沉重的脚步，辛勤地教那些带着稚气、不专心听课的小家伙们法语。她衣着褴褛、形貌凄惨，人们索性吩咐她最好留在楼下吃饭。她被当作无人关注的孩子来对待，而她的心却越发孤高与痛楚。但是，她从来不对任何人透露她的感受。

由于过度劳累，萨拉的身体一天天消瘦下去，两只大眼睛显得特别突出。萨拉吃的东西越来越差、越来越少。她有时吃些学生们的剩饭，有时就吃硬邦邦的干面包，有时甚至连那些东西也少得无法填饱肚子。虽然她的境遇是如此悲惨，可是她却没有因此而颓丧。生活越是悲惨，她越是觉得不能丧失心中那公主的矜持。

她告诉自己：是的，就像蓓琪所说的，无论如何，我都不能失去公主的风度。当一个穿着华丽衣裳、随心所欲生活的公主是件很容易的事，当境遇改变了，穿一身破烂衣服也仍要维持公主的风度，那才难呢。但是，也只有在这样的情况下还能保持不变，才能显出一个人的优秀呢！

因此，不管明卿小姐和用人们如何虐待她，她总是能保持优雅，以公主般的风度来对待别人。

现在，蓓琪的友情是她唯一的慰藉。

白天，两个人都忙碌得几乎没有谈话的机会。她们只要一停下来讲几句话，便有人说她们偷懒。只有在清晨起床或夜晚人们都睡着了时，蓓琪才能偷偷溜到萨拉的房间里，和她谈心，给她安慰和帮助。

当萨拉觉得悲伤难受而睡不着的时候，只要一想到在隔着墙壁的那边也住着一位和自己同样不幸的少女，而且她们能够相互帮助、相互宽慰，她就立即能得到一些安慰。

又是一个非常寒冷的夜晚，萨拉独自坐在又冷又硬的床铺边上，抱着艾米丽，默默地凝望着天窗外面的夜空。白天因为工作繁忙而暂时遗忘的悲伤，又像潮水般涌上萨拉的心头。

"艾米丽宝宝！"萨拉紧抱着那个同样穿着旧衣服的洋娃娃，

只有在清晨起床或夜晚人们都睡着了时，蓓琪才能偷偷溜到萨拉的房间里，和她谈心，给她安慰和帮助。

说,"亲爱的爸爸也到天上去了。我们已经没有爸爸、妈妈了。噢,你看那些星星,爸爸、妈妈就在星星一闪一闪的地方望着我们呢!"

星星仍然闪烁,像是在听萨拉说话。眼泪不断地顺着萨拉的脸庞滚落下来。

"爸爸,亲爱的爸爸!您为什么留下萨拉,自己到天上去了呢?"

"爸爸,您带萨拉到学校来的时候不是说过,要萨拉学会许多事情,然后回去好好地服侍您吗?那么,爸爸,您为什么留下萨拉独自离去了呢?为什么?"

"爸爸,萨拉现在一个亲人也没有,是个可怜的孤儿,是个悲哀的女佣啊!萨拉每天都感到寒冷,感到饥饿。啊,爸爸!……"

萨拉情不自禁地哭泣起来……

忽然,外面传来轻轻的敲门声。

萨拉连忙擦干眼泪,跑去开门。她以为大概是蓓琪,不料门外站着的竟是手里端着烛台、头上披着红色围巾的亚美。

"噢,亚美小姐,是你!"萨拉惊讶地叫出声。

"萨拉小姐,我可以进来吗?"

"可是,亚美,如果别人知道你到我这儿来了,你可就有麻烦啦!"

"没有关系,就算因此被处罚,我也心甘情愿。我是下了决心才来的。我……我有话一定要和你说,请你听听吧!"

说到这儿,亚美那双凝视着萨拉的眼睛里已经盈满了泪水。

萨拉牵着她的手走进室内,然后关上房门。

"萨拉小姐!"亚美将烛台放在桌子上后,便紧紧地握住萨拉的手,说,"现在你是不是讨厌我啦?从前你对我那么好,近来却老是躲避着我。你到底为什么讨厌我?告诉我吧!"

亚美的声音依然是那么纯真可爱,和刚认识时一样,她的双眸真诚而又充满悲伤。萨拉觉得一种热烘烘的东西涌上来,堵在喉咙里面。

"噢,亚美小姐,是你!"
萨拉惊讶地叫出声。

"萨拉小姐，请你告诉我，我到底做错了什么。如果我有得罪你的地方，我愿意向你道歉。请你像从前一样和我要好吧！"

"亚美，你并没有做错什么，不用道歉的啊！"萨拉用哽咽的声音说道，"我现在仍旧和从前一样喜欢你。真的，一点儿也没有改变。只是，我……已经和从前不一样了，所以我想……也许不能再和你交朋友了。"

"等一等！"亚美打断萨拉的话，睁大了满是泪水的眼睛，望着萨拉说，"你为什么要这样想？为什么我们不能再做朋友？"

"因为我现在和你不一样，不再是小姐了，我已经变成一个女佣了呀！"

"不，绝对没有这回事！"亚美激烈地反驳她的话，"不管怎样，你总是'萨拉公主'啊！无论环境怎样变化，你还是萨拉，不是吗？你以前曾经说过，要向公主学习，最重要的不是财产或外表，而是要有善良崇高的心。所以，在我的心目中，你永远是'萨拉公主'啊！"

"谢谢你，亚美……"

萨拉感动得紧紧握住亚美的手。亚美那诚挚友情带来的温暖，像一股电流似的传遍萨拉的全身。

无论是蓓琪还是亚美，她们的纯真友谊是多么宝贵啊！

"亚美，我想错了，我原以为大家都不愿和我接近，所以你也会讨厌我。我实在太傻了，我要向你道歉。"

"不，不，萨拉小姐。"

亚美将手搭在萨拉的肩膀上，脸上洋溢着无限的喜悦。她说道："……原来你并不是讨厌我，是吗？我真高兴呀！我们仍然是好朋友。我可以和你多谈一会儿吗？"

"当然可以，如果你愿意的话。不过，我们要尽量小声说话才

萨拉感动得紧紧握住亚美的手。亚美那诚挚友情带来的温暖,像一股电流似的传遍萨拉的全身。

行。"

就这样，萨拉和亚美之间的诚挚友谊又恢复如初了。

萨拉和亚美并肩坐在床边。

"你冷吗？披上这个吧。"亚美取下头上的红色大围巾递给萨拉。

"没关系。这里从来不生炉火的，现在我已经慢慢习惯了。我倒是怕你会受寒哩！"

"不会。我穿着很厚的衣服，而且我长得又胖，冬天倒比较舒服。不过到了夏天，我可就难受了。"

"哈哈哈！"

听到亚美的话，萨拉不禁笑了。几个礼拜以来，她还没有这么开心过呢。

"那么我们俩一块儿盖着好了。把身体靠紧些，这样就会觉得暖和了。"

"好，这个主意真好！"

萨拉靠在亚美胖乎乎的身上，立刻有一股暖融融的感觉传到她的身上来，使她的身心渐渐感到柔和、温暖。"我呀……"亚美说道，"……我真是不能再那样下去了。萨拉小姐，你可以没有我，但是我却不能没有你啊！每天晚上我都忍不住难过得要哭泣。我刚才还把头蒙在被子里哭呢！那时我忽然想起，为什么不来向你道歉，恢复我们的友谊呢？"

"你……你这个人，真是太善良了。"萨拉叹了口气说，"我太好强了，所以不能像你这样坦率。从前，我曾经想过，自己算不算是个好孩子呢？这必须在遇到重大的变故以后，才能得到答案。现在，果然是这样。也许命运就是要让我明白这事，所以才使我遭遇这么多不幸和磨难吧。"

"也许是的。但是，这种痛苦的磨炼实在太凄惨了。"亚美感叹道。

"……可不是嘛，不过我觉得这样也许对我有某些帮助，也许……"萨拉接着说。

外面的寒风从天窗的缝隙钻了进来，小烛台上的火焰摇曳不停，使两人的影子左右摇摆。

亚美畏怯地望了望四周，说道："……这个房间太凄凉了，你一个人住在这儿会不会寂寞和害怕？"

"当然会，但那也没有办法呀！可是，如果把这里想成是戏剧里的场面，也许就会觉得好受些。"

萨拉靠在亚美胖乎乎的身上，立刻有一股暖融融的感觉传到她的身上来，使她的身心渐渐感到柔和、温暖。

于是，那早已被她遗忘的幻想又从她的脑海中浮现出来。自从遭遇了那突如其来的灾祸以来，她几乎已经忘了用幻想来安慰自己。

"你给我讲些幻想故事好吗？我以后可以偷偷到这里来，不让别人知道，这样我便又可以在晚上听你编的故事了。我想，我们之间的友谊一定会比以前更深厚。"

萨拉眼前一亮，说道："是啊！如果能这样，我也会很快乐。无论白天的工作如何辛苦，只要一想到晚上能给你讲故事，我便可以忍耐下去。"

亚美皱了皱眉头，问道："你的工作是不是非常辛苦?"

"是的。整天忙碌，一点也不能休息，而他们却还不断地支使我呢！所以，当每天晚上回到这房间里来的时候，我往往都累得不能动弹。"

"唉，你真可怜！"亚美深深叹了一口气，轻轻地抱住萨拉的肩膀。

"不过，让我最难过的是我不能看书。如果每天都能有时间看些有趣的书，我就不会觉得生活那么艰苦了。"

亚美若有所思地说："……萨拉小姐，我送一些我的书籍来给你看好不好？"

"亚美，真的吗?"萨拉惊喜地问。

"当然。上次我请假回家的时候，爸爸给了我许多书。他希望我在下次回家以前，把这些书的大意统统记住。"

"那么，亚美……"萨拉连忙说，"你把那些书借给我，我看过之后，用讲故事的方式讲给你听，这样你就可以很容易地记住了。"

亚美听了非常高兴，不禁手舞足蹈地说："好极了，好极了！

你讲的故事我一定能记得住,下次我一定把书带来。"

"那么,我们就这样约定了!我一定尽量帮你很快了解和记住那些书的内容。"

"啊,那真是太好了!这样我就可以让爸爸高兴啦!"

"是啊!我既可以看书,又能讲故事,这样简直和以前的生活一样快乐哩!"

两个人快乐地笑出了声。

不久,亚美要回到寝室去了。在她临走的时候,萨拉若有所悟地说:"患难考验人们。亚美,我的患难考验了你,证明了你有多好。"

本章详述萨拉初为女佣的生活状态和心理活动。萨拉住进了下人才会住的阁楼上,曾经的富贵华丽都成了过眼云烟。她见识了早有耳闻的老鼠,还要穿上布衣干活,被人家呼来喝去。生活如此不易,但可贵的是,萨拉高贵的心并没有屈服。她身边的好朋友亚美、洛蒂、蓓琪都没有远离她。在她们眼里,萨拉依然是"公主"。

洛蒂的探望

洛蒂听说萨拉变成了穷人,坚持要来看她,这给孤独的萨拉带来很多欢乐。萨拉是个坚强的女孩,不会轻易被打倒的。有一天,亚美又来到阁楼,听见萨拉好像在和谁说话。这是怎么回事呢?

第3个来安慰萨拉的是洛蒂。这个小不点儿压根就不懂身处逆境是什么滋味儿,想不通自己的"代理妈妈"怎么变化这么大。

她听人说萨拉出事了,可她就是不明白为什么居然连模样都变了——穿着旧的连衣裙,到教室里来仅仅是为了教课,而不再坐在自己的座位上听老师讲课。小家伙发现萨拉不再住在大房间里,而且脸色很不好。洛蒂最难以理解的是,当人家问萨拉问题时,萨拉说的话是那么少。对于8岁的孩童来说,神秘的事情必须解释得很明白才能被理解。

"萨拉,你现在是不是很穷了?"洛蒂在萨拉教小家伙们法语的时候悄悄地问道,"你像乞丐一样穷吗?"

她用一只胖手拉住了萨拉瘦瘦的手,两只眼睛里噙满了泪水,说:"我不让你像乞丐那样穷。"

她看上去像要哭出来似的,萨拉连忙安慰她。

"乞丐连住的地方都没有,可我有。"萨拉鼓起勇气说。

"你住在什么地方？"洛蒂追问着，"那个新来的女孩睡在你的房间里，那房间已经不那么漂亮了。"

"我住另外的房间。"萨拉说。

"那个房间好不好？"洛蒂问道，"我想去看看。"

"你别说话了。"萨拉说，"明卿小姐正看着我们呢。跟你说悄悄话，她要冲我发怒的。"

萨拉早已发觉自己必须对每桩不该做的事负责。如果孩子们不注意听课，如果她们交头接耳，如果她们不安生，那么受谴责的就该是萨拉自己。

洛蒂可是个死心眼的小姑娘。萨拉没有告诉她住在哪，她就要变着法儿找到。她先是问小伙伴们，随后听岁数大些的女孩们聊天，根据她们言谈中无意透露出的信息采取行动。一天黄昏，她开始寻找起来。她爬上了从未爬过的一段楼梯，到了阁楼的顶层。她看到两扇紧挨在一起的门，打开其中一扇，便见到了艾米丽。

萨拉真想不到，当她回到房间，就看到了那小小的洛蒂正抱着艾米丽。

"啊，萨拉妈妈！"洛蒂一看到萨拉，就大喊一声，从床上跳下来，钻到她的怀里。

"咦？洛蒂……"萨拉大吃一惊，问她，"你怎么会在这里？你怎么知道我住在这儿呢？"

洛蒂似乎高兴得不得了。她紧紧地搂着萨拉的腰，说："我呀，下决心一定要到妈妈的房间来看看。你不告诉我，我只好注意听那些大孩子们的谈话。根据她们说的，我才找到了妈妈住的地方。我走到这儿，轻轻推开了门，发现妈妈没有在。但是，我看见艾米丽躺在床上，于是我就知道妈妈的确是住在这里了。"

洛蒂得意地笑着，脸上的两个酒窝显得格外可爱和甜蜜。

萨拉心里想：如果洛蒂在这里哭闹起来让别人发现的话，那可就糟糕了。于是，她连忙说道："洛蒂，假如你想要待在这里，那你就答应我，千万不能大声吵闹。否则，被校长知道了，我们都会挨骂的，而且你以后也不能再来玩了。你知道吗？"

洛蒂点点头，说："我知道了，我绝对不会吵闹的。只要能和妈妈在一起，我就会变得很乖。"

洛蒂多么可爱啊，萨拉不禁紧紧地搂住了她的肩膀。

于是，两个人就在床铺边上坐了下来。洛蒂非常开心，高兴地依偎在萨拉的身边，说："那些大孩子都说妈妈是乞丐，可是她们

"我知道了，我绝对不会吵闹的。只要能和妈妈在一起，我就会变得很乖。"

都说得不对。乞丐怎么会有自己的房间呢？我的妈妈绝不是乞丐，以后我要这样跟她们说。"

萨拉听了洛蒂这段天真的话，感动得几乎要流出眼泪来。

"是的，我并不是乞丐呀！我只是一分钱也没有了，像个乞丐罢了。你看，这个房间虽然这么脏，但还是个风刮不着、雨淋不到的好地方；虽然很冷，但这里也有一个可以生火的炉子；还有这张床，虽然硬得像石头似的，但还能睡……"

"没有关系。不管妈妈变得怎样贫穷，我还是会喜欢妈妈的。"洛蒂急忙打断萨拉的话。

"谢谢你，洛蒂！"萨拉偷偷地擦了擦眼中的泪水，说，"刚开始时，我也很难过，但现在我已经习惯了。这个房间虽然又脏又破，可是住惯了以后我还发现它有许多好处呢！比如说，从那个窗子可以看见很多在下面的房间里看不见的东西哩！"

洛蒂忽然跳下床来，好奇地朝天窗张望，问道："从那儿……能……能看见什么呢？"

"能够看见烟囱呀、麻雀呀，还有别人家的屋顶呀，有时候还可以看到有人从那些窗口伸出头来张望，真是有趣极了！而且这儿很高，从这儿向外看就会觉得好像在另一个世界似的。"

"妈妈，我也要看，让我看看好不好？"

萨拉把洛蒂抱到天窗下面的一张旧桌子上，自己站在旁边，两人都把头伸到窗外去张望。

果然，从这儿看到的景物和地面上看到的大不相同，而且有许多是在地面上所看不到的。这时正是黄昏薄暮，那绚烂美丽的天空似乎比在马路上看的时候更近了。

洛蒂尽情地向外看着。她发现：那些地面上的人和物，像明卿校长、阿米莉亚小姐、教室，以及成群的学生，从这里望下去，变得很小很小，几乎不像是真的。连广场上那辆马车的声音，听起来都像是从另一个世界传来的。洛蒂突然抓住萨拉的手腕，说："妈妈，我喜欢这个房间，真是喜欢极了。这儿高高的，又有可以向外张望的天窗，比我住的那个房间可要好得多呢！"

"是吗？"萨拉微笑着说，"隔壁的那幢空房子如果也有人住就好了。如果那儿也有个像我这般年纪的女孩子，我们就可以通过这窗口聊天。"

隔壁的房屋已经空了很久，窗户都紧闭着。忽然，洛蒂惊奇地叫道："妈妈，你看，有只麻雀飞过来了。"

"要是有面包的话，我们就可以喂它了。"

"我的衣服口袋里有些碎面包呢！"

洛蒂从口袋里掏出了一些面包碎块儿，便往麻雀那边丢了过去。麻雀被这冷不丁扔过来的东西吓着了，扑棱着翅膀飞到烟囱上去了。

萨拉学着鸟叫的声音向它打招呼。它似乎发现她们对它并无恶意，于是歪着头，看看萨拉她们，又看看那些碎面包。

洛蒂见状有一些心急，忍不住问道："它到底来不来吃呢？"

"大概会来的，它看起来很想吃面包，可是又有点害怕，让它犹豫一会儿吧！呀，你看，它飞过来了！"果然，麻雀飞下来了。它迅速地衔起一块较大的碎面包，又很快地飞到烟囱的背后去了。

过了一会儿，它又来了。这次，它是约了几个朋友一起来的。它们跳来跳去，津津有味地吃着面包。洛蒂高兴地看着这些麻雀，几乎忘了这里是个又小又脏的阁楼房间。

萨拉也是直到今天才发现，原来这里有这么美好的事物。她的心情渐渐地好起来，很快又开始了美妙的幻想。"这阁楼这样小，但又这样高，"萨拉说，"我们几乎可以把它看作大树上的一个鸟窝。这倾斜的天花板就更有意思了。瞧，房间的这一端低得我都站不直。当东方开始有一丝白的时候，我就可以躺在床上看那微弱的光。如果太阳出来，会有小小的粉红色云朵飘浮在空中，我觉得几乎能触摸到它们。如果下雨了，雨点儿滴答滴答地落下，就像打在

洛蒂高兴地看着这些麻雀，几乎忘了这里是个又小又脏的阁楼房间。

我的脑袋上,似乎是在问候我,又像在轻轻地讲述着什么。如果有星星出现,我可以躺下,试着数一数有多少颗进入那扇天窗。别看它小,它可是能容纳许多许多的星星。

"再看看墙角那只生锈的小壁炉,如果把它擦亮,再生上火,你想想,该有多温暖啊。你瞧!"萨拉拉着洛蒂的手,就像一切都在眼前一样,"这儿可以铺一块又厚又软的蓝色印度地毯;在那个墙角可以放一只柔软的小沙发,有些靠垫供你蜷起身子在上面歇息;沙发正前方可以有个放满书的书架,这样可以很容易取放书籍;壁炉前可以放一块裘皮小地毯;墙上挂上帷幕遮住白色的墙灰;再挂上些图画,它们必须是小幅的,但该是美丽的;还可以有盏灯,灯上罩着深玫瑰色的灯罩;一张桌子放在屋中央,桌上放着茶具,一把圆墩墩的小铜壶在炉架上吱吱地响;床铺和现在的完全不同,它可以做得很软,盖着讨人喜欢的丝质床罩。那些麻雀如果想和我们做好朋友,就会来啄窗子,要求进来。"

"啊,萨拉妈妈!"洛蒂喊道,"太棒了!我喜欢住在这里!"

洛蒂被萨拉描绘的场景陶醉了,说什么也不想走了。

很晚了,萨拉把洛蒂劝出房门。洛蒂不乐意地慢慢下楼去了。

当洛蒂的脚步声消失以后,萨拉全身无力地坐在床上。她环顾周围,那些向洛蒂展现的想象中的美丽场景都消失了。床铺是硬的,被子又脏又破;墙皮斑驳脱落,地板冰冷而无地毯遮盖,壁炉的铁格子已折断生锈;那只旧凳子是房中唯一的座位,可凳脚已损坏了,向一边歪斜着。

萨拉觉得,这个房间比洛蒂来访之前更加凄凉了。

"哎,真寂寞呀!"

萨拉不禁用双手捂住了脸,低下头来。大滴的眼泪从她手指缝儿里流了出来,滴落在腿上。

萨拉全身无力地坐在床上。她环顾周围,那些向洛蒂展现的想象中的美丽场景都消失了。

这时候，不知从哪个角落传来一阵轻微的声响，萨拉立刻停止哭泣，抬头向四周望去。原来是一只老鼠。那只大老鼠贴着墙壁，两只前腿搭在墙上立起，不停地用鼻子到处闻着。

也许是洛蒂衣袋里掉出来的一些碎面包散落在了地板上，将老鼠引诱出来的吧？

那只老鼠看上去是那么古怪，活像一个长着灰胡须的小矮人，萨拉不禁看得呆住了。它用亮晶晶的眼睛望着她，好像在问问题似的。

老鼠一开始有些害怕，后来好像知道了萨拉有着仁慈的心肠，于是慢慢地朝碎面包这边走来。

"来吧！没有人会伤害你！你放心地吃吧，真是个可怜的小东西。书上说，巴士底的囚徒们和老鼠相处得很好，我也和你做朋友吧！"

说也奇怪，不知道是什么缘故，动物竟也好像懂得人话。

那只老鼠在萨拉说完话后，便像是放了心似的慢慢向面包靠近，开始吃那些碎渣，一边吃还一边不断抬头望望萨拉，眼神中似乎流露着感激。这使萨拉非常感动。

七八天后的一个晚上，亚美抱着她的一大堆书籍偷偷来到阁楼的房门口。她轻轻敲了敲门，里面一丝声音也没有。亚美心想：难道萨拉小姐睡着了？

这时，室内却传出低低的声音："喂，美尔奇，把它带回家去，给太太和孩子们吃吧！"

过了一会儿，萨拉才来开门。

亚美莫名其妙地问道："萨拉小姐，你在和谁说话呀？"

"我告诉你，也许你会害怕的！"

萨拉笑着说，这时她注意到亚美抱着的书。

"哎呀,你真的把书送来了,我实在太高兴啦!"

一踏进室内,亚美便害怕起来。房间里空空的,不见人影,她怀疑萨拉是在和鬼怪说话。

亚美畏畏缩缩地把书放在桌子上,转过身来急忙问:"萨拉小姐,告诉我,你刚才在和谁说话呢?"

"如果你不害怕,我就告诉你。一开始连我自己也很害怕呢,可是现在我已经不害怕了。"

"到底是谁?是鬼怪吗?"

"鬼怪?不是的,是老鼠呀!"

七八天以后的一个晚上,亚美抱着她的一大堆书籍偷偷来到阁楼的房门口。

亚美吓了一大跳，慌忙跳到床上。她虽然没有尖叫出声，但脸色却发白了。

"老鼠？老鼠在哪儿？"

"不用害怕，它们都很温顺。我叫它们，它们就会出来。你要是不相信的话，我现在就叫它们出来，好不好？"

亚美只一个劲儿地摇头。

萨拉笑着把怎样跟老鼠相识的故事讲给亚美听。

"我把它叫作'美尔奇'。它和它的孩子们都很听话。"

萨拉还对她讲述了关于老鼠的种种有趣的事情，亚美这才渐渐恢复了平静，没有起先那样害怕了。最后，她好奇地想要看看老鼠。

"你真的可以叫它们出来吗？还有，那只老鼠出来以后，会不会跑到床上来呀？"

"不会的，它们很守规矩，很有礼貌哩！你就坐在这儿看着吧！"

萨拉走到墙边，跪在有个小洞的角落旁边，低声吹起口哨来。她吹了四五声之后，便有一只大老鼠从那个洞口探出头来四处张望，两只小眼睛亮晶晶的。

萨拉把一些碎面包丢在地上，美尔奇便马上钻出洞口。

它不客气地吃了一些，然后叼了一块较大的碎面包，匆匆地回到洞里去了。

萨拉笑着说："它会觉得饿，感到恐惧，就像我们一样。而且，它已经结婚啦，还有了孩子。我们怎么能知道它就不会像我们那样思考事情？它的眼睛看起来就像是有思想的人一样。正因为如此，我才给它起了一个名字。"

"你看，它现在一定是把面包带回去给它太太和孩子们吃。你说它是不是很好？它自己才吃了一小块呢！当它回到家，它们全家一定会欢喜地吱吱叫个不停。仔细听，你可以听出太太和美尔奇的叫声是不同的呢！"

"哈哈！"亚美终于也开心地笑了起来，说道，"萨拉，你真是与众不同，你真的很善良啊！"

可是，亚美和洛蒂并不能经常到阁楼上来，因为如果不小心被明卿小姐和阿米莉亚小姐发现就糟了。况且就算她们去了，萨拉也不一定在房里。所以，大多数的晚上，萨拉总是孤独一个人。

白天，萨拉要干活，虽然周围有许多人，但是她却觉得比独自在阁楼里更孤单、更寂寞。

本章最动人之处是向读者呈现了一个全新的"公主"。她不再有锦衣华服，但她在逆境中依旧善良：可以给老鼠朋友取好听的名字，视它们为伙伴；也可以再次插上想象的翅膀，把冷清破落的房间描绘得浪漫无比，只为让洛蒂宽心……她失去了"公主"的外表，但可贵的是没有失去公主应有的高贵。萨拉的坚强和执着值得每一个身处逆境的人学习、反思。

印度绅士

　　萨拉虽然已经做了一年的女佣，没有华丽的衣服，还经常会饿肚子，但她依旧善良，并保持着自尊。一天，隔壁的空房子搬进了一位印度绅士。据说他正在为寻找一个女孩而愁眉不展。这位新邻居和萨拉有什么关系吗？

　　不知不觉，一年又快过去了。天气冷得越来越厉害，萨拉的处境也越来越困苦了。

　　她每天都要被派到街上去买东西。可怜的小家伙一手挎着篮子或包袱，一手费劲地按着帽子不让它被风吹走，下雨天鞋子就泡在污水里。每当这个时候，她看着周围匆匆的行人，就会感到更加孤独。

　　当她还是"萨拉公主"时，她常常坐在马车里穿街过巷或由女佣陪伴着走在大街上，她光彩照人的小脸蛋带着好奇的表情，美丽精致的衣帽总能吸引行人的目光。一个快乐的、受到精心照料的小女孩儿自然会引来众人的关注；而衣衫褴褛的小孩儿并不稀奇，也不够好看，人们自然不会转过来看他们一眼或对他们微笑。这段日子里，没有人关注萨拉。当她匆匆走过拥挤的人行道时，似乎没有人看见她。

　　萨拉长得很快，但衣橱里只有一些破旧衣裳可穿。她知道自己穿着这些衣裳的模样一定很怪。她所有的贵重衣服都被处理掉了，剩下的衣服则要一直穿到穿不上为止。有时，萨拉经过有镜子的橱窗时，瞧见自己的模样都几乎要笑出来；有时，她又会感到一阵脸红，然后咬咬嘴唇，转身离开。

渐渐地，萨拉养成了一种习惯：她冷得实在受不了的时候，就偷偷往别人家里看，看人家全家围聚在温暖的火炉旁边快乐谈笑的情形。这样，她便会觉得自己好像也得到一点温暖。

在这许多家庭当中，萨拉最喜欢大街拐角那幢砖房里的一家人。萨拉把这一家叫作"大家庭"。这并不是说他们的房子大，而是说他们家的人口多。

那个"大家庭"里有胖胖的爸爸、面目慈祥的妈妈、健康和蔼的祖母，还有8个天真可爱的孩子和好几个用人。

他们全家聚在一起，就会呈现出热闹而温馨的景象。萨拉每次从窗口望见那种情形，便会忘记自己的寒冷，脸上不知不觉露出微笑。

圣诞节的前一天晚上，发生了一件奇妙的事情。

那天，萨拉照例又被派到市场去买菜。回来的路上，她经过那个"大家庭"门口时，恰巧遇上那些孩子。他们大概是要去参加晚会，个个都穿得漂漂亮亮，正要坐上一辆豪华马车。

两个身穿镶花边衣服、戴着闪闪发光的装饰物的女孩先上了车，接着，一个大约5岁的男孩跑了过来，踩在马车的脚踏板上。那孩子长得活泼可爱，萨拉不知不觉就停下脚步来看着他。她几乎忘了自己手里提着大篮子，身上穿着破旧的衣服。

忽然，那小男孩发觉萨拉正在看他。萨拉这才回过神来，不好意思地转身就走。

这时，从她的背后传来孩子的声音："喂，你等一等！"

萨拉回头一看，原来就是那个小男孩。他蹒跚地跑到萨拉身边，说："喂，这个送给你吧！"他那白胖的小手里握着一枚银币。

萨拉恍然大悟。原来，这个小男孩看见萨拉穿了一身破旧的衣服，把她当成乞丐了！从前，她自己过着幸福生活的时候，也经常这样热心地帮助路旁的乞丐。

萨拉立刻窘得满脸通红，她对那个小男孩说："谢谢你，小弟弟，我并不需要这个。"

萨拉的谈吐那么有风度，不像是个乞丐的样子；她的态度谦和

"喂，这个送给你吧！"

有礼，更像是一个受过良好教育的小姐。

马车里的女孩都觉得奇怪，纷纷从窗口伸出头来看她。

这个小男孩以为萨拉不好意思拿这枚银币，于是就把银币放在萨拉的手里，说道："你拿去吧！我今天一早就有这样一个愿望，如果遇上像你这样可怜的人时，我就把银币送给她。"

这个孩子大概是听到了父母讲述穷人家的孩子是怎样可怜，所以就依照圣诞节的惯例，想发现那些可怜的孩子并且帮助他们。

萨拉被这孩子纯真的心感动了。

她不忍让这个善良的孩子伤心，于是接受了银币，说："谢谢你，小弟弟。你真是仁慈的人。"

那孩子高高兴兴地回到马车上去了。

萨拉紧紧地握着手里的那枚银币，慢慢地走回学校。

她有点想哭，可是喉咙似乎被堵住了似的，哭不出来。

马车开动了以后，车里的孩子们热烈地谈论起来。他们觉得萨拉不像一个乞丐，对她产生了浓厚的兴趣。

后来，他们替萨拉取了一个很长的名字——"不是乞丐的小女孩"。

萨拉并没有使用那一枚银币，她在银币中间凿了一个小孔，穿一条线，然后将它挂在脖子上留作纪念。

一天早晨，萨拉走过广场的拐角，惊喜地看到：一辆满载家具的小货车正停在隔壁的房子前面，房子的前门全都大开着，一群穿着衬衫的人正进进出出，搬运着沉重的包裹和家具。

"有人住了！"萨拉说，"真的有人住了！哦，真希望从阁楼窗户里探出来的会是一个可爱的脑袋！"

工人们正忙碌着从车上搬下带有古典纹饰的大木桌、有着东方韵味的屏风，以及很多其他样式的家具，里面还有一尊佛像呢。

萨拉看到这类东西,不由被勾起浓浓的"乡愁"。以前,她在印度经常见到这类家具。难道这家人也去过东方?他们和印度有什么关联?

当天傍晚,萨拉出去搬运牛奶箱的时候,看见"大家庭"的主人走进了隔壁的房子。没过多久,他又出来指挥着工人和女佣们安放桌椅、布置家具。

萨拉心想:这位"大家庭"的主人一定是和将要住进隔壁房子的人家有着密切的关系。如果住在隔壁的人家也有小孩的话,那么"大家庭"的孩子们一定会经常到这里来,说不定他们还会因为好

工人们正忙碌着从车上搬下带有古典绞饰的大木桌、有着东方韵味的屏风,以及很多其他样式的家具,里面还有一尊佛像呢。

奇而爬到阁楼上去玩呢!

萨拉越想越高兴。

这天晚上，蓓琪溜到萨拉的房间来聊天。她说："小姐，我听说要住在隔壁那幢房子的人家是从印度搬来的哩！不知道他们的皮肤会不会是黑的。不过，听说这家人很富有呢！小姐，你常说起的那个'大家庭'的主人，据说就是隔壁人家的法律顾问。我还听说，隔壁的主人因近来发生了非常烦恼的事情而忧虑成疾，身体非常虚弱，整天都在躺着。这些事情都是他的女佣告诉我的。"

萨拉听到这些，忽然想起自己的爸爸，心里又是一阵难过。她心中默默地祈祷：希望他不要像爸爸一样发生不幸，希望他能够早日恢复健康。

几个星期以后，她的好奇心终于得到了满足。原来，那个房子的新主人既没有妻子也没有儿女，独自一人住在这里，身体虚弱且闷闷不乐。

一天，一辆马车驶来，停在那幢房子前面。一个男仆从车上下来，打开车门。首先从车里出来的是"大家庭"的父亲，紧跟着的是一个穿制服的护士，护士后面还跟着两个男仆。他们全都过去搀扶主人下车。他们的主人面容憔悴、神色忧郁，骨瘦如柴的身体上包裹着皮毛大衣。他被扶着上了台阶。"大家庭"的父亲走在他旁边，看上去十分焦虑。不一会儿，一辆医生乘坐的马车停在了门口，医生急急忙忙地进了屋——显然是来照顾这家主人的。

又过了一个星期。这一天对冬季的伦敦来说是非常难得的好天气，天空中的云彩被落日的余晖染成一片美丽的粉红色。在天气好的时候，萨拉最喜欢透过明亮的天窗欣赏那壮丽无比的落日和黄昏的天空，所以这时她又趁着有一点空闲的时间，匆匆忙忙跑到阁楼上来。

她站到一张旧桌子上，把头尽量探出去望向天空。大朵大朵的云彩无声地飘动着，形状看上去像是一个个岛屿或围着湖泊的大山。此刻，这片美丽的天空似乎只是属于萨拉一个人的。

　　萨拉正看得出神，忽然听到一种奇异的声音。

　　她转过头，看到隔壁楼上的窗子被打开了，一个包着白色头巾、穿着白衣服的人出现在窗口。萨拉立刻想到：他也许就是洛蒂所说的那个男佣吧？

　　萨拉发现，有一只可爱的小猴子正吊在他的胸前。原来，刚才萨拉听见的奇异的声音就是这只小猴子的叫声。

　　萨拉正看着这位印度人的同时，印度人也发现了萨拉。萨拉觉得在他的脸上笼罩着浓浓的忧愁。

　　也许是这壮观的落日使这位印度人也想起他的家乡了吧！

　　萨拉凝视着他的脸，然后微笑着向他点头打招呼。在这几年苦难的生活中，萨拉深切地体验到：一个人在孤独难过的时候，如果有人带着笑脸向他打招呼，那是多么愉快的事呀！

　　果然，萨拉的微笑使他高兴起来，他那忧郁的面孔逐渐现出光彩来。然后，他也愉快地向萨拉点头还礼。

　　这时，那只小猴子不知为什么突然离开他的胸前，跃过房顶，跳到萨拉这边来。它以萨拉的肩膀为跳板，一跃便进入了房间。

　　萨拉觉得非常有趣，不禁开心地笑了。但是，她立刻想到：必须把这只小猴子送还给它的主人。怎样才能捉住这只顽皮而机灵的小猴子呢？于是，她便用多年以前学会的印度语向那个人问道："请问，我要怎样才能捉住这只猴子呢？"

　　突然听萨拉说出印度语，这个印度人感觉非常惊讶，他做梦也没有想到能在远离故土的千里之外又听见自己家乡的语言。他的表情由惊奇变成欢喜。像是遇见几十年的老朋友似的，他用印度语与

萨拉正看着这位印度人的同时,印度人也发现了萨拉。萨拉觉得在他的脸上笼罩着浓浓的忧愁。

萨拉滔滔不绝地谈了起来。

他向萨拉介绍说自己叫"拉姆·达斯"。他说:"这只猴子很顽皮,恐怕不会听小姐的话。如果您允许我过去,我就可以到您那边去逮它。"

"可是,两个屋顶之间有这么宽的距离,您能跳过来吗?"

"这并不难。"

"那么,请您跳过来吧!如果它跑到别处去可就糟了。"

拉姆·达斯从天窗爬到屋顶上,又从屋顶跳到萨拉这边来。他身手敏捷,动作灵活,好像身怀飞檐走壁的绝技似的。

拉姆·达斯从天窗爬到屋顶上,又从屋顶跳到萨拉这边来。

萨拉后退一步，拉姆·达斯就从天窗跳落到地板上，轻得几乎没有声音。站稳脚步后，他向萨拉做了个印度式的举手礼。

原先还在室内到处蹦跳玩耍的小猴子一看见拉姆·达斯来了，便立刻淘气地尖叫起来。

拉姆·达斯马上关上天窗开始捉它。小猴子像在和他开玩笑似的，先四处躲闪一阵，随后便跳上了拉姆·达斯的肩膀。

"小姐，打扰您了。"拉姆·达斯向萨拉郑重地道歉。他刚进屋时，一看到这里的凄凉状况，便了解了这个女孩的处境。但是，他还是假装不知道似的，以如同向女王讲话一样的语气恭恭敬敬地对萨拉说："正在病中的主人如果丢了这只猴子，不知要怎样难过呢！谢谢您了。"

拉姆·达斯一再向萨拉道谢，然后轻轻跳上天窗，迅速地沿着刚才的路回到他自己的屋里去了。

从这以后，萨拉和拉姆·达斯经常隔着屋顶互相亲切地打招呼。

萨拉自从认识了拉姆·达斯之后，更关心隔壁人家的事了。她经常一边工作，一边幻想隔壁那位印度绅士的生活情形。

由于学校的舞蹈教室和印度绅士的房间仅隔着一道墙壁，因此萨拉时常担心学生们上舞蹈课时的音乐声、谈笑声会搅扰病中的绅士。她希望这道墙壁能够再厚些，厚得能完全隔音才好。

"我越来越喜欢他了，"萨拉对亚美说，"我不希望他被打扰。我已经认定他是我的朋友了。我觉得我可以同根本没说过话的人做朋友。因为我注视着他们，想着他们，为他们惋惜，所以就会觉得他们就是我的好朋友。我看到医生经常去那家，因此感到十分焦急。"

"我家亲戚很少。"亚美回忆着，"我不喜欢那些亲戚。两个姑姑总是说：'天哪，亚美，你太胖了！你不应该吃甜食！'而我叔叔总是问我'爱德华三世是什么时候登基的？'和'谁死于吃了太多的七鳃鳗？'这一类问题。"

萨拉笑了。她喜欢"大家庭"的人们，因为他们看起来是那么幸福；而她喜欢印度绅士，却是因为他看起来很不幸。

那位绅士的病似乎很严重，一直没有什么起色。据厨房里的用人们说，他其实并不是印度人，而是住在印度的英国人。据说他遇到过很大的不幸，他的所有财产在一段时间内处于危险中，他以为自己要破产了，可能永远都要抬不起头了。那次打击实在太大，他差点死于脑膜炎。虽然他的运气好转，所有财产都保住了，但他的身体从那以后就垮了。他的灾难与危险都是与矿山有关的。

"听说他是开采钻石矿山的哩！"厨房里的厨娘这样说着，用眼睛瞄了瞄萨拉。

"开矿事业的成败是最靠不住的了，尤其是开采钻石矿山。这种基本的常识是谁都知道的。"

"如果随便哪儿都能开出钻石矿的话，世界上就没有穷人了。"

女佣们怪声怪气地谈笑着，都在讽刺萨拉的遭遇。

萨拉默默地听着，一句话也没有说，只是埋头洗着盘子。

她每次出去办事或买东西时，总要向隔壁的大门口和窗口望一望，希望能够看见那个"没说过话的朋友"。

然而，萨拉每次看见那位绅士时，他总是躺在安乐椅上，忧郁地沉思着，看起来非常消沉。无论天气多好，他也从不到窗口来望望外面。

"他是多么不幸啊！请上帝保佑他，让他不再忧虑不安，早日恢复健康吧！"萨拉常在心里默默为他祈祷。有时，她会想：为什么他总是显得这样忧愁呢？他已找回了他的钱财，脑膜炎也早晚会好的，不应该还是那副样子。一定是还有其他的原因吧。

有时，萨拉晚上出去办事回来，如果四周没有一个人影，她便会停下脚步，小声向窗子里面说："伯伯，晚安。愿您睡得好。"

她相信，虽然他听不见她的声音，但这种诚意总会传达到绅士的心里。萨拉常在心里说："伯伯，您最近感觉好些了吗？心里是不是温暖了一些？我每天都在外面为您祈祷。我很同情您的处境，因为我们同样都是孤独的人。"

这位绅士可能也没有一个亲人，至今只有"大家庭"的人来探望过他。

萨拉每次看见那位绅士时，他总是躺在安乐椅上，忧郁地沉思着，看起来非常消沉。

有时,"大家庭"里的太太会领着孩子们来看印度绅士。每次见了他们,印度绅士好像就能得到一点安慰。

这是非常寒冷的一天,外面下着雨。萨拉从市场买东西回来,手上提着大篮子,里面装着满满一篮子青菜。

"啊,姐姐,你们快来看!那个'不是乞丐的小女孩'来啦!"那个"大家庭"的男孩正和两位姐姐一块儿在印度绅士家里玩。他从窗口看到萨拉,就急急忙忙跑到窗边大声叫喊:"你看,就在那儿!她手上还提着大篮子哩!"

两位少女听到弟弟的喊声,也离开了火炉,走到窗前来。

她们顺着男孩手指着的方向望去,果然看到了萨拉。萨拉正迈着沉重的脚步,慢慢地走过来。

"啊,她好可怜呀!她看起来很冷的样子。"

"下着这么大的雨,她没有外套,也没有围巾,真是太可怜了!"

小弟弟说:"就因为这样,我才给她零用钱嘛!下次我们大家都帮帮她,好不好?"

"恐怕不太好吧……她不是乞丐呀,她可是'不是乞丐的小女孩'啊。"

"你们在说谁呀?怎么会有这样长的名字呢?"绅士坐在火炉旁边,微笑着向孩子们问道。

这位绅士的名字叫作"加里斯福特"。

"伯伯,"小弟弟立刻跌跌撞撞地跑到他的身边,说,"她是隔壁学校里的一个小用人,我们叫她'不是乞丐的小女孩'。她实在是可怜极了,不过她的举止却又很高贵。"

"哦,你们能给我讲讲她的事吗?"

加里斯福特先生似乎很喜欢这些孩子,更喜欢听他们用稚嫩的语言描述事情。

"事情是这样的,"大姐说,"那个孩子并不是乞丐,可是她的样子却可怜得像个小乞丐。她虽然很可怜,但举止又很大方得体,所以我们就给她取了这样一个名字。"

"原来如此。"加里斯福特先生微笑着点点头。

"有一次,我把我的零用钱给了那个女孩,因为那时候我还不知道她并不是乞丐。"

于是,可爱的小弟弟用天真烂漫的语调,把圣诞节前一晚发生的事情讲给加里斯福特先生听。

渐渐地,加里斯福特先生的脸上浮现出感动和同情的神色。

"恐怕不太好吧……她不是乞丐呀,她可是'不是乞丐的小女孩'。"

"噢，真是个不幸的孩子。有这么一个孩子住在隔壁，我竟然一点儿也不知道。"

"伯伯，我听爸爸说过，您正在寻找一个女孩，是不是？"

"是呀！"

"爸爸正是因为要找那个女孩才到巴黎去的，是吗？"

"是的，我希望他能尽快找到那个女孩，给我带来好消息。"

加里斯福特先生越说越感到心情沉重，最后便开始无力地自言自语了。

大姐看见这种情形，心想：伯伯大概需要休息了，我们也应该告辞回去了。

她站了起来，轻轻地对弟弟妹妹们说："我们该回去了。"

加里斯福特先生愣了一下，抬起头说："没关系，你们多玩一会儿，跟我谈些有趣的事情好不好？"

"天快黑了，我们明天再来。伯伯，您要注意多休息呀！"

"伯伯，请您保重。"

"伯伯，再见。"

孩子们一一向他告别以后，快活地回去了。

加里斯福特先生微笑着看着他们可爱的背影离去。当他们的影子消失以后，他低下了头，眼中又充满了无限的苦恼。到底是什么忧愁和烦闷的事使他这样愁眉不展呢？

不久，他深深地叹了一口气，开始自言自语："如果我所寻找的女孩变得和那个小女孩一样可怜，该多么不幸！不，不，绝对不会的！那孩子一定还在巴黎读书。啊……希望是这样……希望早日找到那个孩子。"加里斯福特先生用双手抱住自己的头，很久很久都没有动一下。

当天晚上，加里斯福特先生告诉拉姆·达斯，自己从孩子们的口中知道了关于隔壁那个小女佣的事情。

拉姆·达斯不觉间挺起身子,恭敬地说:"那个小女佣吗?我早就认识她了。我想告诉您……"

接着,他便将上次小猴子跑到隔壁去的情形述说了一遍。

"先生,那个女孩处境十分凄惨。她住的房间简陋得简直不像话。最初我觉得很奇怪,她怎么会住在那种地方?那个房间里,墙壁的灰皮斑驳脱落;这么冷的天气,火炉里却连一点火星都没有;床铺像是石头那样硬;衣服永远是那一件,根本没有可以换的……"

"如果我所寻找的女孩变得和那个小女孩一样可怜,该多么不幸!"

"嗯……"

加里斯福特先生听了之后，心情变得很沉重。他说："难道她是个孤儿吗？她的处境那样凄凉，可是跟她一般年纪的女孩却过着幸福愉快的生活。她会不会怨天尤人呢？这可真是一种罪恶。"

"可是，先生，那孩子却一点也不羡慕别人，整天是一副坦然自若的样子。更奇怪的是，她虽然住在那样凄凉的地方，穿着破烂的衣服，但是动作和说话的风度却非常高雅，简直使人怀疑她是位没落的贵族公主哩！"

"噢，刚才那些孩子也是这样说的。"

"这真是太不可思议了。她简直像个谜，真令人费解。您知道，我的英语说得不太好，所以经常觉得孤独难受。每当感到寂寞的时候，我便会偷偷地爬到屋顶上，从天窗外朝她的房间里看，所以我知道了许多她的事情。时常有一个胖胖的学生去那个房间找她，还有一个小女孩也常去。那个女孩常说些历史故事或童话给她们听。她讲的故事实在好极了，那些孩子都听得全神贯注，深深陶醉在故事里面。有时，她还教她们做功课呢！"

"这个女孩看来很聪明。"

"我看她根本就不像是个女佣。在同一个阁楼的另一个房间里住着另一个小女佣，这个女佣每次都称呼她为'小姐'。从这点看来，那个女孩也许从前并不是这样的。我想她一定曾经是位相当有身份的小姐。"

"也许是的。如果是那样的话，她就更可怜了。"加里斯福特先生忧郁地闭起了眼睛，大概是这些话又引起了他一直沉积在心中的烦恼。

但是，拉姆·达斯却不知道他此刻的心情，继续说道："我时常去看望那个女孩，希望能使她快乐。那个女孩经常会编织出美丽的幻想故事,并且把这些故事讲给来找她玩的孩子们听。虽然我没有听清楚她们说了些什么,但是我知道她的意思大概是说'房间里面如果这样或那样该有多好'。我想,如果能够实现她的幻想,房间变得漂亮些,那女孩不知会怎样欢喜呢!"

这时,敲门声响起,有人来访,拉姆·达斯便匆匆去开门。

进来的是"大家庭"的主人——卡麦克先生。

他刚刚从法国巴黎回到伦敦。加里斯福特先生一看见他,便起身迫切地问道:"卡麦克先生,有什么消息吗?"

卡麦克先生那疲倦的脸上勉强浮现出无力的微笑。接着,他

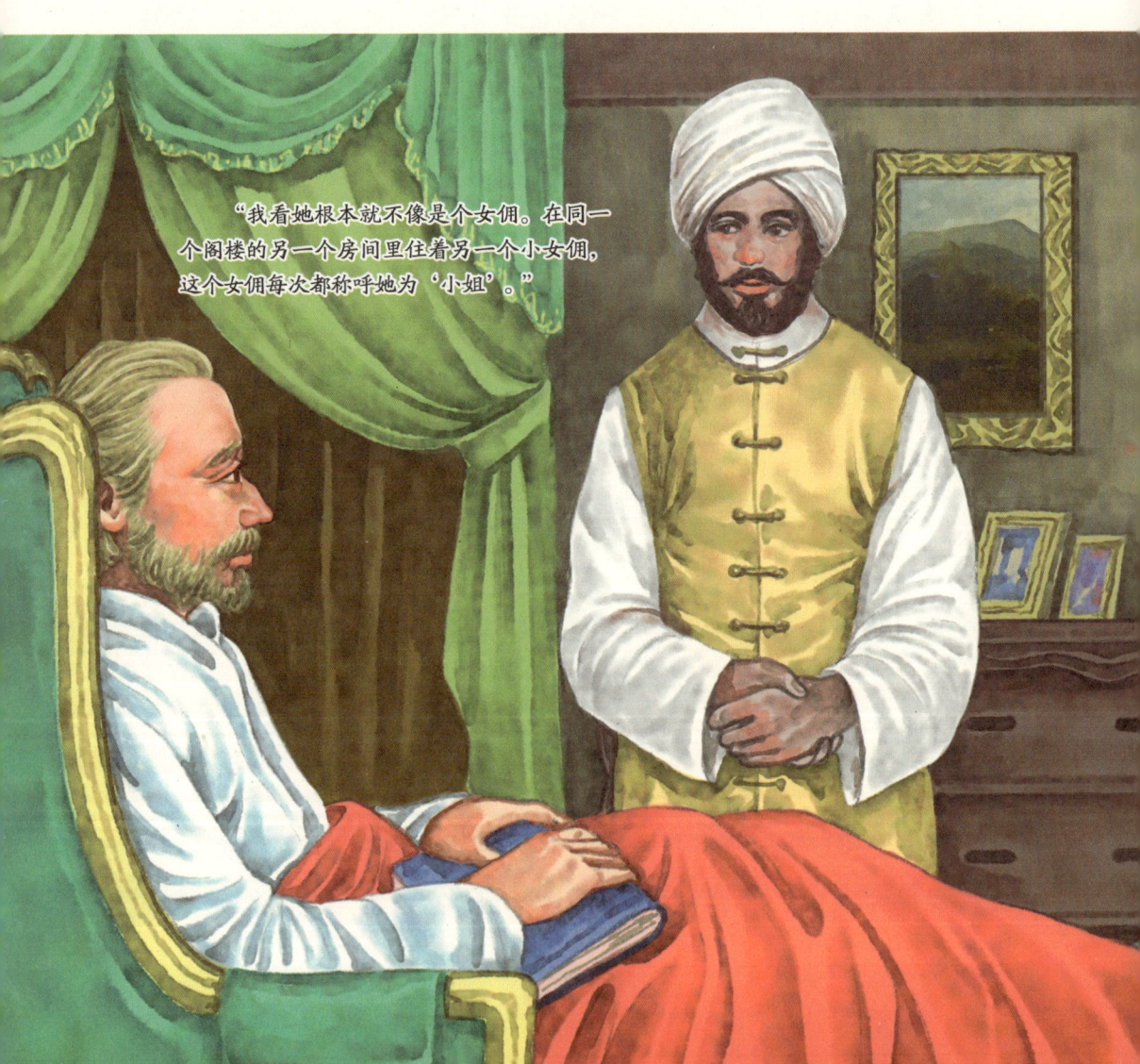

"我看她根本就不像是个女佣。在同一个阁楼的另一个房间里住着另一个小女佣,这个女佣每次都称呼她为'小姐'。"

在身旁的椅子上坐下，说道："非常遗憾，我们弄错了。我在巴黎千方百计地打听，到处寻找，最后在郊外找到了那所学校。但是，调查的结果显示那不是她。她父亲的名字不对，而且经历也完全不一样。"

加里斯福特先生的脸上立刻露出极其失望的神情。

卡麦克先生安慰他道："我不会轻易放弃的，请您振作起来，不要失望。我们还有许多地方可以寻找，这次我想到莫斯科去看看。我上次和您谈过的那个曾经在巴黎帕斯卡夫人开办的学校上学的女孩，或许就是我们所要寻找的小姐。"

听到这里，加里斯福特先生才又抬起头来说："是不是那个被有钱的俄国人收养的女孩？我记得你说起过，她因为曾和那个俄国人死去的女儿很要好，所以才被收养。"

"是的。据帕斯卡夫人说，她的名字叫'卡尔'，我想也有可能是发音弄错了。她的经历与我们要找的那个女孩十分相似。听说她的父亲也是位驻印度的英国军官，她失去了母亲后，被寄养在学校里接受教育，而且那位军官后来也是因为破产而死去的。"

转瞬间，加里斯福特先生的脸上浮现出痛苦的神情，他那握着椅子扶手的双手颤抖个不停。

卡麦克先生看到这种情形，立刻停止说话，关切地看着他。拉姆·达斯也焦虑地望着他的主人。

过了一会儿，加里斯福特先生的脸色才逐渐恢复正常。卡麦克先生又接着说道："我以前就觉得那个女孩很有可能就是我们要寻找的孩子，所以我想到莫斯科去一趟。但是，有一件事我必须先证实一下，那位小姐是不是真的在巴黎的学校读过书？能确定是在巴黎的学校吗？"

加里斯福特先生无力地抬起头来，说："这个我不确定。我没

"卡麦克先生,有什么消息吗?"

见过她，也没有见过她的母亲。克鲁上尉和我从小一起长大，我们一直是最亲密的朋友，离开学校后便各奔前程。由于工作的关系，我们隔了十几年之后才在印度相遇。那时，我正把全部精力用于开采矿山的事业上，而他也热衷于这件事。于是，我们便分工合作，各自忙碌着。我们偶尔也在一起交谈，但所谈的总是离不开有关事业上的事情。我只知道他将女儿寄养在一所学校，这也只是在一次谈话中偶然提到的。如果那时我问明那个学校的名称就好了……可谁会料想到，后来竟发生了那样意外的不幸……"

"那么，您有什么理由认为她在巴黎的学校呢？"

"因为我知道她已故的母亲是法国人，而克鲁上尉本人也十分喜爱法国。我还听他说过，这女孩的母亲也希望女儿在巴黎上学。这样看来她只有可能是在巴黎。"

"是的，看起来她在巴黎的可能性很大。"

加里斯福特先生上身向前倾，尢奈地捶了一下桌子，说道："我必须找到她。如果她还活着，她一定在某个地方。要是她孤苦伶仃、身无分文的话，那都是我的错。一个人如果心头压着这样的事，疾病怎么能痊愈呢？钻石矿带来的财富让我们的幻想都实现了，而克鲁那可怜的孩子可能还在沿街乞讨！"

"请您不要想太多，事情也许没有那么糟。"

卡麦克先生安慰他道："只要我们能够找到她，您就把财产分一半给她。那时，我想您就可以放下心头的重担了。这事情并不是不可能的，请您安心静养吧！"

"是啊！我相信只要还留着一口气儿，我就一定能找到她。即使找遍全世界，我也要找到那个可怜的孩子，然后我要尽我的全力，使她重新获得幸福的生活。不然，我的心中会永远感到愧疚不安的。卡麦克先生，这事就拜托你了。"

"好的,请您放心,我一定尽全力去办这件事。再过两三天,我便到莫斯科去,去找帕斯卡夫人所说的那位俄国人。"

"你尽快去办吧!我多么希望能同你一起去,但是我的身体太虚弱了,每天只能披着毛毯坐在火炉边望着火焰发呆。我常常感到好像看见克鲁上尉那年轻快活的脸庞在火焰里向我打招呼,他的表情似乎要向我说些什么。啊,我还时常梦见他呢!在梦里,他总是问我同一句话,你知道是什么吗?"

"噢,那我怎么会知道?"

"他每次都说:'喂,我的小公主到底在哪里?'他生前每次谈

"我必须找到她。如果她还活着,她一定在某个地方。"

起他的女儿，都会快活地称呼她为'小公主'。卡麦克先生……"

说到这里，加里斯福特先生牢牢抓住了卡麦克先生的手。

"我必须得回答他，必须！"他说，"帮我找到她，求你一定要帮我！"

　　本章多次运用了对比的写作手法，如对萨拉生活境况的前后对比。萨拉做女佣已经有一年的时间，偶尔还会回想起以前的幸福生活。这时的萨拉和以前光彩夺目的萨拉形成了鲜明的对比。除了境遇上的对比，萨拉寒酸的穿着与高贵的品质也形成了强烈的对比，即使穷得食不果腹，也拥有不随意接受他人施舍的傲骨。她的谈吐也成功吸引了"大家庭"和新邻居的注意。

内心高贵

在路边,有个穿着比萨拉还破旧的小乞丐全身紧缩成一团地坐在那儿。萨拉买了6个甜面包,却把5个送给了她。在萨拉帮助别人的时候,她的阁楼里正发生一件神奇的事,原来有人正要给她惊喜呢。这是怎么回事?

这是一个严寒的冬季。有几天,萨拉出去跑腿时要在雪地里艰难地行走;更糟糕的日子里,融化的雪混在泥土里形成了烂泥;还有些日子里,路上大雾弥漫,街灯不得不从早到晚地亮着——伦敦城看起来就像回到了某个下午。那是在几年前,马车在街道上行驶着,萨拉舒舒服服地坐在里面,靠在爸爸肩上。

这样的日子里,"大家庭"屋里的窗户看上去总是温暖而美好,让人感到幸福;印度绅士的书房里也透出温暖而华丽的光。相反,萨拉的阁楼上却是说不出的凄凉。

每到下午4点,即使雾气不是很重,天色也会开始暗下来。这时,萨拉必须得上阁楼点蜡烛。厨房里的女佣们成天闷闷不乐,她们的脾气也因此变得更加暴躁。蓓琪像一个小奴隶一样被呼来喝去。

每次遇到这样的情况,萨拉都对自己说:"不论发生什么事都改变不了我要做'公主'的决心。我即使穿着破衣烂衫,也可以在心中做公主。如果穿着华丽的衣服，成为公主是很容易的；而要在无人知晓的情况下始终做公主，那才是更大的成功呢。"

又是一个寒冷的雨天，傍晚天空竟开始飘起雪花。马路上十分泥泞，人们走在上面，鞋子总是陷进泥水中，几乎寸步难行。斜着吹来的风雪把萨拉淋得全身湿透，她觉得自己连骨头都要冻僵了。她紧抓住破伞的把手，一步一步艰难地往前走。

一身如破布片似的衣服、补了又补的袜子，还有前面露着脚趾、后面露着脚后跟的皮鞋，再加上被冻得苍白的脸……萨拉这种样子，任谁看了都会觉得实在太可怜了。可谁又能想象得到，她是个过去曾经被称为"公主"的幸福少女呢？

身旁来来往往的路人向她投去同情的目光。然而，萨拉似乎没有感觉到别人的目光。她全身颤抖，但仍然拼命地幻想着，为的是使自己忘掉眼前这难以忍受的痛苦。

萨拉幻想着自己穿的是一身干爽的衣服，外面还套着暖和的厚大衣；脚上穿着温暖的皮鞋，里面穿的是毛线袜子；手里撑的是一把崭新而可爱的雨伞。然后，她会发现路上有一枚6便士的银币，于是便捡起来去买几个刚出炉的甜面包，把肚子填得饱饱的。

她一边幻想着一边走路，突然看到了有什么东西在地沟里闪着光。她走近一看，是一枚小银币。那枚小银币已被许多脚践踏过，可仍然留下些灵气足以闪出一点光。那不是6便士的，而是比它小一点的———一枚4便士的银币。

"咦，我的幻想果然成真啦！"萨拉不觉惊奇起来，高兴地想。对面的房子是一家面包店，一位胖胖的太太正在把一大盘刚出炉的面包摆进橱窗里。那些面包鼓得大大的，看上去又香又甜。

萨拉觉得自己好像是在梦里一样。她想：这银币一定是神赐给我的，可是我还是必须问明白这是谁丢的。

萨拉走到面包店的门前,正要走上石阶时,突然又停下了脚步。原来,在石阶的旁边有个穿得比萨拉还破旧的小乞丐,她正全身紧缩成一团地坐在那儿。

乍看之下,这个女孩子的样子简直像是一堆破布。她身上穿的衣服像是用五颜六色的破烂布条缝补而成的,而且全都被淋得湿透了。她看起来和落汤鸡没什么区别,两只冻得又红又肿的脏乎乎的脚不停地颤抖着。

她的头发蓬乱得像一个鸟窝,有几缕发丝披散在前额上,雨水顺着脸往下流,两只发亮的眼睛深深地陷了进去。萨拉从来没有看

她一边幻想着一边走路,突然看到了有什么东西在地沟里闪着光。她走近一看,是一枚小银币。

过模样如此可怜的人。她心想：真可怜！这个孩子和我一样，还是个小女孩哩！

萨拉不知不觉走近她的身旁，问道："你是不是饿着肚子呢？"

这个小乞丐抬起可怜的小脑袋，望了望萨拉。她从来没有遇见过这样温柔地对她讲话的人，所以一时竟不知怎样回答。

她使劲地咽了一下唾沫，说道："……不但饿，而且饿得快要晕过去了。"

"你中午没吃饭吗？"

"别说午饭，连早饭也没吃呀！"

"你已经多久没有吃东西了呀？"

"从昨天晚上到现在。不管到哪里都讨不到吃的，虽然我已经拼命地哀求……"

萨拉心想：这孩子多么可怜！她一定比我还要饿10倍、20倍，也许还不止哩！

"你等一下。"

萨拉说着，便走进面包店。店里面很暖和，充满着面包的香味。

闻到这种香味，萨拉觉得更饿了，几乎就要晕过去。但是，她却努力地支撑着，向那位胖太太说："请问您知不知道是谁丢了这枚银币？"

胖太太惊奇地看着萨拉的样子和手上拿着的银币，说："噢，这儿并没有人丢钱啊！这是你捡到的吗？"

"是的，是在那边的阴沟里捡到的。"

"它可能已经掉在那儿很久了，所以根本就没法知道是谁丢的。既然是你拾到的，你就可以用它啊，孩子！"

胖太太望着萨拉那楚楚可怜的样子，问道："你想买什么？"

"我想买甜面包。"

胖太太立即从橱窗里拿出6个甜面包,把它们一起用纸袋子装了起来。

"给我4个就够了,因为我只有4便士。"萨拉说。

胖太太笑着说:"多的两个是我送给你的,你拿去吃吧!是不是饿得很?"

"是的,非常饿……谢谢您了!"萨拉本想说明现在有一个孩子比自己更饥饿,但那时恰巧又进来了几个客人,胖太太忙着去招

"它可能已经掉在那儿很久了,所以根本就没法知道是谁丢的。既然是你拾到的,你就可以用它啊,孩子!"

呼他们，因此她没有说出口。

萨拉打开纸袋，取出一个热的甜面包，放在女孩破烂的衣裙兜里，说："它又热又好吃。吃了它，你就不会感到这么饿了。"

孩子吓了一跳，仰望着萨拉，似乎被如此突然、惊人的好运气吓坏了。接着，她一把抓起面包塞进嘴里，狼吞虎咽地吃起来。

萨拉又取出3个面包，放在她膝上。那孩子一手抓了一个就往嘴里塞，那狼吞虎咽的样子实在吓人。

"她比我还饿，"萨拉对自己说，"她饿得要命。"

但是，当她放下第4个面包时，手发抖了。

"我并没有饿得要命。"她说着又放下了第5个。

她转身离去时，那孩子还在吃，没有察觉她的离开。她走到街对面，回头看看。那孩子一只手拿着一个面包，一口咬掉一半，停下来望着萨拉。萨拉向女孩微微点头。女孩嘴里还塞着面包，感激地向萨拉点了点头，手里拿着剩下的半块面包，怅然若失地望着萨拉的背影。

这一切都被胖太太看到了。

"哦，真想不到！那小家伙竟把她的面包给了那个要饭的孩子！这可并不是因为她自己不需要面包啊。唉，她看起来饿得够呛。我不明白她为什么要这样做。"

她在橱窗后站了一会儿，走到门口。

"谁给你那些面包的？"她问那个要饭的女孩。

女孩向萨拉渐渐消失的背影指了指。

"她说了什么？"胖太太又问道。

"她问我是不是饿着肚子呢。"女孩用沙哑的声音回答。

"那你怎么说？"

"我说自己很饿。"

"后来她就进来,买了面包,把它们给了你,是不是?"

孩子点点头。

"给了多少?"

"5个。"

胖太太仔细思量着。

"她只给自己留下一个。"她低声说,"可是她能把6个全吃下去的,我从她的眼神中看得出来。"

她望着那慢吞吞地远去的小身影,一向舒坦的心好久没有感到这样不安了。

女孩嘴里还塞着面包,感激地向萨拉点了点头,手里拿着剩下的半块面包,怅然若失地望着萨拉的背影。

"但愿她没有这么快就走掉。"她说,"我真该死,没让她得到一打面包。"随后她转向那要饭的孩子,问:"你现在还饿吗?"

"我总是觉得饿的,但现在饿得不像以前那么厉害了。"

"进来吧。"胖太太说着,把店门打开。

孩子站起身,拖着脚步走进去。被请进这么一处放满了面包的温暖的地方,真是桩难以置信的事。她不知道会发生什么事。

"你暖和暖和身子吧。"那妇人说,并指指那狭小的里屋中的火炉。

"听着,你缺面包时,可以进这店里来要。要是我不看在那小家伙的分上给你面包,我就该死了。"

胖太太在心里对自己说:"一想到那个女孩子的心地是那么善良,我至少也该做点好事才行。"

萨拉用最后一个面包,稍微安慰了自己一下。虽然她只有这一个又香又温暖的面包,但总比没有好得多了。

此刻,街上已经行人稀少。她一边走路,一边把面包撕成一小块一小块的,一点一点送进嘴里,慢慢地咀嚼。她希望将这种乐趣尽量地延长。

"如果这是个魔术面包,只要吃一口便能吃饱的话,那该多好。我如果一下就把魔术面包全吃下去,恐怕会胀破肚子哩!"她虽然这样幻想,但是没有多久就吃完了一个小面包,而她的肚子却连一点饱的感觉也没有。不过,尽管她的肚子仍然很饿,但她的心中却充满了快乐。因为她只要一想起自己帮助了那个可怜的小乞丐,就觉得快乐。

与此同时,萨拉的房间里发生了一件奇怪的事情。天窗被轻轻地推开了,两个人从窗口爬了进来,踮着脚轻轻地在室内走了一圈,很快便把所有的家具统统记在笔记簿上。

她一边走路,一边把面包撕成一小块一小块的,一点一点送进嘴里,慢慢地咀嚼。她希望将这种乐趣尽量地延长。

其中一个人说:"是谁想到要做这种奇妙的事呢?"

另一个人回答道:"是我建议的。我很喜欢那女孩。她时常给偷偷上来看望她的朋友们讲自己幻想的故事。她说得最多的就是如何使这个房间变得美丽、舒适一些。我想这就是她最大的愿望。我把这事告诉我们主人以后,主人便说:'那么我们就帮助她实现她的幻想,设法使那个可怜的女孩过得快乐些吧!'"

"原来如此。不过,你能保证在她睡着的时候把一切计划办妥吗?如果把她惊醒了怎么办?"

"不会的。我有飞檐走壁的本领,走路时几乎可以不发出一点声音。而且,我知道孩子们白天无论怎样不幸,晚上只要睡着了,总是睡得很熟的。只要我想进来,我什么时候都可以进来,而且绝不会惊醒她。如果有人在窗外替我递东西,那么我可以保证办妥一切。好啦,我们可以回去了。"

这两人又轻轻地爬出天窗,越过房顶,回到自己的屋里去了。

萨拉从市场回来的时候,雨虽然已经停了,可是天色也暗了。

"大家庭"的门窗仍然开着,萨拉从外面能看见室内的情形。平时,在那个屋子里常常可以看到父亲坐在椅子上,孩子们在他的四周玩耍,但是今天却有些不同——"大家庭"的主人好像是要去旅行,正和大家亲吻道别,而大门口已经有一辆马车在等候着。

在这么寒冷的天气里,他要到哪儿去呢?

大门突然开了,萨拉立刻想起上次被人家误认为乞丐的事,于是急忙从那儿走开。不过,她还是听到了他们父子的谈话。

"现在莫斯科正是冰天雪地吧?"

"爸爸,您到那里会不会坐'露多斯基'(俄国的马车)?"

"这些事情我会写信告诉你们的,我还会搜集些照片寄回来。好,你们赶快进去吧!外面天气太冷,当心受寒。其实,爸爸也不想去莫斯科，宁可在家里和大家一块儿谈谈笑笑呢！可是我必须去那里办一件事。"

最后，孩子们的父亲坐上了马车。

"爸爸再见！祝您旅途平安！如果找到了那个女孩，请您代我向她问好。"那个可爱的小弟弟站在门槛边，向他的父亲大声地喊道。

萨拉边走边想：原来他们的爸爸是为了找一个女孩才到遥远的莫斯科去的。不知他要找一个什么样的女孩子。

那位绅士和"大家庭"的主人正焦急地寻找着的一个女孩，她究竟是谁呢？萨拉当然不知道，他们要找的就是克鲁上尉的女儿。

不管穷或富，萨拉都努力做一个公主，一个自尊自爱的公主。萨拉的执着和坚持让人感到她是如此强大。这种强大是内心的强大。另外，加里斯福特先生坚持寻找克鲁上尉的女儿，遇到再大的困难也不放弃，这种信守承诺的精神也很值得赞赏。

魔法师的奇迹

亚美偷偷给萨拉和蓓琪送吃的,不料却被明卿小姐发现。萨拉和蓓琪受到了严厉的惩罚。好像有神秘的人目睹了这一切似的,他按照萨拉临睡前的愿望,给她带来了漂亮的家具和美味的食品。这个神秘人到底是谁呢?

萨拉从学校的后门费劲地拎着篮子走下台阶,进了厨房。

一见萨拉,厨师便瞪起眼睛恶狠狠地呵斥道:"你去哪儿闲逛了?怎么到这个时候才回来?"

"对不起。因为下雨,路上很泥泞,十分难走。"萨拉坦诚地向他道歉。

"叫你出去做点事,你却总是磨磨蹭蹭。咦?篮子里的东西全湿了,看你这不中用的东西!到这时候才回来,你以为还有东西留着等你回来吃,是不是?"

"可是,今天我连午饭都还没有吃到呢!"

"别啰唆了,要吃你自己到厨房里去找吧!"

萨拉到厨房打开橱柜一看,里面只剩下一小片硬面包。她就着一大杯水把面包咽了下去。那水冷得像冰似的,她觉得肚子似乎要冻坏了。萨拉疲倦地拖着被雨淋得湿透的身体爬上又长又高的楼梯,此刻觉得这个楼梯仿佛永远爬不完似的。她的双腿像灌了铅一样沉重,那双被雨水浸透了的破鞋重得简直让她抬不起脚来。

一定又是亚美来了。当看见胖乎乎的亚美用红色的大围巾蒙着头的样子时,萨拉心里立即便觉得温暖了些。

看见萨拉进来,亚美长舒了一口气,说道:"萨拉小姐,你回来了真好!我等你很久了。美尔奇总是跑到我的身边来,还不断用它那鼻子四处乱闻。我怎样赶它,它都不走,我真害怕。"

"是吗?美尔奇是不会伤害人的,你放心好了。"萨拉无力地坐在板凳上。

"萨拉小姐,你是不是感到很疲倦?你的脸色很不好哩!"

"是的,我累极了。"萨拉无精打采地回答。

"萨拉小姐,你的衣服全湿透了,赶快脱下来吧!先把毯子披在身上暖和一下。"

"好的,我这就把它们脱下来,然后我们再谈。"

萨拉把毯子披在身上,和亚美并肩坐在床边儿上。

"那么,我们接着讲上次的法国革命故事,好不好?"

"好,好极了。你讲的故事我都记住了,爸爸要是知道了,一定会感到很吃惊、很高兴的!"

亚美听故事听得很入迷,有时瞪大了眼睛,有时屏住了呼吸,有时觉得十分害怕,有时又感到非常有趣。萨拉一边讲故事,一边忍受着饥饿,有时感觉几乎要晕过去了。她真担心亚美回去以后自己会饿得无法入睡。就连平时头脑一向不太灵活的亚美都感觉出萨拉的异样来了。她说:"以前我常常羡慕你,希望能变得像你那样瘦。今天看来,你比以往更瘦了,眼睛也比过去大了许多。"

萨拉装着毫不在意的样子说:"我从小就很瘦,而且我本来就有一双灰绿色的大眼睛。"

"我喜欢你这双奇异的眼睛。你的眼睛好像总是在注视着某个

萨拉一边讲故事,一边忍受着饥饿,有时感觉几乎要晕过去了。她真担心亚美回去以后自己会饿得无法入睡。

遥远的地方,实在太吸引人了。那碧绿的颜色如绿翡翠一样,真漂亮,而且有时候看来是黑色的哩!"

"是的,就像猫的眼睛。"萨拉无力地笑了笑,接着说,"可是这种眼睛却不能看到黑暗的地方。如果真的像猫的眼睛那样在漆黑的夜里也能看见东西的话,一定很有趣。"

这时,天窗外面有响动,一个身影晃了一下便消失了。"刚才的声音不像是美尔奇弄出来的,好像有什么东西在屋顶上掠过去似的。"她正感觉奇怪,就听到亚美畏怯地说:"是什么?会是小偷吗?"

"当然不会,因为我们这儿根本没有什么东西是值得偷的。"

这时,忽然又传来一个巨大的响声,两人都不觉吃了一惊。这次是明卿小姐在楼梯底下狂叫哩！萨拉赶紧从床上跳下来，迅速地将灯吹熄了。亚美用颤抖的声音问道："是明卿小姐吗？"

"是的，她好像正在责骂蓓琪。"

"她会不会到这里来？"

"大概不会，也许她以为我睡着了。不过，我们不能出声。"

明卿小姐虽然从来没有到阁楼上来过，但是今天晚上她似乎很生气，说不定会跑上来。两人都紧张地屏住了呼吸。

两人注意听着，明卿小姐就在楼梯旁边扯着尖厉的嗓子责骂蓓琪："你撒谎！厨师告诉我点心确实是少了。这种事到今天已经发生过不止一次了！"

"但那并不是我做的。我虽然肚子饿，但是绝不会……"

"闭嘴！你竟然还敢狡辩！你这个厚脸皮的臭丫头，偷吃东西不算，还偷吃了许多包子。真是岂有此理！"

"我绝对没有吃！我如果要吃的话，一定会把它们统统吃掉的，但是我真的连碰都没有碰包子一下。"

只听"啪"的一记响声，明卿小姐在蓓琪的脸上打了一巴掌。

"还要撒谎！这次暂且饶过你，赶快滚回去睡觉！"

这时又传来"咕咚"一声，一定是蓓琪被推倒在地板上发出的声音。然后，明卿小姐的脚步声渐渐远去。

萨拉在黑暗的房间里愤怒地咬紧了牙关，等校长的脚步声消失后，说道："他们实在太欺负人了。厨师常常自己偷吃东西，却诬赖是蓓琪干的。蓓琪是个好孩子，我相信她绝不会偷吃……"

说到这儿，萨拉终于再也忍耐不住，抱头痛哭起来。

萨拉居然也会哭？亚美愣了愣，似乎明白了刚才没有注意到的事。她连忙跳下床，摸索到小烛台，点燃了蜡烛，然后望着萨拉说："萨拉小姐，虽然你可能不想告诉我，但我还是想冒昧地问一句，你是不是正饿着肚子呢?"

"是的，不瞒你说，我现在真是饿极了，饿得几乎没有一点儿力气。刚才又听到蓓琪的情况，我就感到更加难过了，那孩子比我更饿呢！这种情况，我本来不愿意让你知道，所以拼命忍耐着，仿佛什么事也没有发生。因为如果让你知道了，我会觉得自己好像变成了乞丐，虽然事实上我已经和乞丐没什么两样了。"

"没有的事！你只不过是穿的衣服破一点罢了，但是你的面貌和仪态仍然是很高贵的，你怎么能说自己是乞丐呢?"

"可是我曾经被一个小男孩误认为是个乞丐。他非常善良，还向我施舍了一枚银币呢！"萨拉苦笑着，从脖子上拉出一根很细的

"是的，不瞒你说，我现在真是饿极了，饿得几乎没有一点儿力气。"

红线，说，"你看，就是这枚银币。因为我的样子实在太像乞丐，所以那个小弟弟便把他的圣诞节零用钱送给了我。"

"哈哈！"亚美也笑了，问道，"那个小弟弟是谁呀？"

"就是'大家庭'的孩子。他很小，但却是个非常可爱而仁慈的男孩子。他用那只又白又胖的小手把这枚银币送给了我。"

"啊，对啦！"亚美突然叫了起来，似乎想起了一件至关重要的事情，"萨拉小姐，我真糊涂，竟然把那件事情忘了。就在今天下午，待我最好的姑姑送给我一匣吃食，里面装满了好东西，有蛋糕、小肉馅饼、果酱馅饼和小圆面包，还有红加仑酒、橘子、无花果和巧克力。我要偷偷地回我的屋子，马上把它们拿来。"

萨拉听到有那么多好吃的食物，又感到一阵眩晕，但是她有些担心，忙说："假如被人看见了可怎么办？"

"没关系，大家可能都已经睡着了。我会小心地进去，不让大家发觉，请你放心。"两个人高兴地握了握手。

萨拉若有所思地眨了眨眼睛，说道："亚美，我们可以幻想在这里举行一个盛大的宴会。还有，我们也招待一下蓓琪好不好？"

"好，你快去请她过来。"

萨拉走到墙边，用拳头在墙上轻轻地敲了4下，然后回过头向亚美解释说："敲4下墙的意思就是说'朋友，请你过来，有事相告'。"接着，从墙壁的那边也传来了轻敲5下的声音。

"她马上就会过来。"萨拉高兴地说。

不一会儿，哭肿了眼睛的蓓琪推门进来了。她看见亚美也在房间里，不好意思地擦了擦脸上的泪痕。"蓓琪，不要伤心了，没有关系。"亚美温柔地对她说。

"喂，蓓琪，亚美小姐要拿食物来招待我们哩！她说马上就去拿些很好的东西来。"

"什么好东西？我也能吃的吗?"蓓琪眨了眨亮晶晶的眼睛。

"当然能吃了。我们马上就要开宴会，你也是贵宾之一。"

"你可以想吃多少就吃多少。那么，我这就去取，请两位稍等片刻。"亚美热情地说。由于过于匆忙，亚美把红色的大围巾掉在门边了。她们既高兴又有点紧张，所以谁也没有留意到。

"小姐，你真好。我想大概是小姐向亚美要求让我参加的吧！我高兴得眼泪都要掉下来了。"蓓琪感激地说道。

萨拉轻轻地拍了拍蓓琪的肩膀，说："蓓琪，不要难过。我们一起把这张桌子布置一下好吗?"

转眼她就发现了掉在门边的红围巾，马上把它拾起来，铺在桌子上。

"布置桌子？我们拿什么来布置呢？"蓓琪不解地说。

萨拉望了望四周，自己也觉得好笑——屋里根本连一条桌布都没有。但是，转眼她就发现了掉在门边的红围巾，马上把它拾起来铺在桌子上。

深红色能使人产生温暖的感觉。这张破旧的小桌子一铺上红色的围巾，使得房间里顿时显得有了生气。

"如果地板也铺上红色地毯的话，那是最好不过的了。那么，我们就想象地上是铺有地毯的吧。"萨拉把眼光转向地板，似乎那儿真的铺着红色的地毯。

"噢，它是多么厚呀，而且摸起来柔软又舒适！"萨拉望着蓓琪笑了笑，像脚下踩着什么柔软的东西似的，将脚轻轻地放在地板上。

"嗯，这块地毯真的十分柔软。"蓓琪也煞有介事地说。

"现在，我们再做些什么呢？只要我们静静地想，就可以想出许多事，魔法师将会教我们怎样做。"

突然，萨拉快活地站了起来，笑着说："对啦！我把从前那个小皮箱拿来看看吧！"

在小皮箱里，她找到了一个小盒子，盒子里面原来还有一打小手帕。萨拉把那些手帕叠成餐巾的样子，整整齐齐地摆在桌子上。她还特意把花边叠在外面。接着，她又在小皮箱里找到一顶旧的草帽。她将帽子上的几朵假花摘了下来，摆在桌子的中央。

"你闻闻，这些花正散发着芳香呢！"

她又找出一些皱纹纸，把它们叠成盘子，并用剩下的花和纸把小烛台装饰了一番。

不一会儿，桌子就被装饰得十分漂亮了。

"哇，真漂亮！"

蓓琪睁大了眼睛，感叹不已。

这时，亚美正轻轻地走下楼梯。果然，寝室里的同学都已经睡着了。不过，她仍然非常小心地走进自己的房间。

同一个房间的女孩都睡得很熟。她用手摸索到桌子上装着食物的篮子，然后提起篮子轻轻地走出房间。她张望了一下，走廊里静悄悄的，空无一人，这才放心地吐了一口气，轻轻地爬上楼梯。这时，楼梯旁的房门轻轻地打开了，一个人偷偷地伸出头来张望——那是拉比亚。

拉比亚注意听楼梯上传来的轻微脚步声，然后走出来。在走廊里不太明亮的灯光下，她看见了手提篮子的亚美。可是，小心翼翼地提着篮子的亚美一心一意只顾往萨拉那儿去，一点都没有察觉到被人跟踪了。

"谁都没有看见我。这些东西实在太重了，有几次差点就掉下去了。"亚美回到萨拉的房间，不住地喘着粗气说。

她看见桌子上的布置，感叹道："哇，真漂亮！简直像古时的宴会嘛！萨拉小姐真厉害呀，什么都能办到。"

"不错吧？这些东西都是从旧皮箱里找出来的。"萨拉笑着说，"现在我们就把这些美味的食物摆出来吧！"

她们从篮子里把精美的糖果、好吃的肉饼和一大瓶葡萄酒拿出来，摆在桌子上。这张旧桌子顿时大放光彩，屋里也好像真的在开盛大的庆祝宴会似的。

"这就像是贵族的夜宴一样！"亚美高兴地说。

"嗯，简直像女王的餐桌了。"蓓琪赞叹道。

萨拉似乎又想到了什么事情，她将散落在地上的纸屑收拾起来，丢进暖炉里，然后点上了火。

"这样我们不就可以感受到明亮和温暖了吗？大家在火熄灭以

她张望了一下,走廊里静悄悄的,空无一人,这才放心地吐了一口气,轻轻地爬上楼梯。这时,楼梯旁的房门轻轻地打开了,一个人偷偷地伸出头来张望——那是拉比亚。

前,赶快就席用餐吧!"

她们兴高采烈地围着这张桌子,但是只有一把椅子,萨拉和亚美便不得不坐在床铺的边上。她们都觉得从来没有过这么快乐的聚餐。尤其是蓓琪,她做梦也没有想到自己能参加这样豪华的餐会。

"大家请吧!"亚美说着伸手拿起了果酱,萨拉和蓓琪也分别拿起了肉饼。

这时,门外突然传来一阵脚步声,把她们吓得差点儿跳起来。似乎有一个人正踏着重重的脚步从楼梯走上来。

她们从篮子里把精美的糖果、好吃的肉饼和一大瓶葡萄酒拿出来,摆在桌子上。这张旧桌子顿时大放光彩,屋里也好像真的在开盛大的庆祝宴会似的。

"一定是明卿小姐。"

蓓琪一听，怕得发抖，肉饼都掉在地上了。

"是的，我们被发现了。"

"怎么办？"

正在她们惊慌失措的时候，脚步声已经很近了，转眼便已在门外停住。

房门被推开了，明卿小姐愤怒而可怕的脸孔出现在大家的面前。3个女孩不约而同地屏着气站了起来。

"这是怎么回事！"校长的声音宛如雷霆万钧，轰隆隆地滚落在她们的头顶上，"拉比亚说得果然一点儿也不错。你们这些丫头简直是胆大包天！"

原来，拉比亚看见亚美走上阁楼后，便去报告给了明卿小姐。

明卿小姐恶狠狠地凑近3个人，冷不丁地打了蓓琪一巴掌。

"你这只野猫，刚才骂了你半天，还不知趣，现在又到这里来鬼混。当心我把你赶出去！"

可怜的蓓琪被她一巴掌打得跟跟跄跄，向后退了好几步。她跪在地上哭着说："请……请您原谅，请您饶了我吧……"

"闭嘴！赶快回到自己房里去！萨拉，这一定又是你出的鬼主意。你这个贪嘴的丫头，自己想偷吃不算，还教唆亚美把吃的东西也找了来！"明卿小姐一边说，一边把那气得发抖的手猛地一挥，把桌子上的东西统统扫到地上去了。

"萨拉，我要好好惩罚你！你明天一整天都不准吃东西！"

萨拉默默无语，只是眨巴着两只眼睛望着校长的脸。

"校长，请您原谅我们吧。都是我不对，是我提议开'宴会'的。这不关萨拉小姐的事。"亚美说。

"闭嘴！我没有要你说话！"

明卿小姐恶狠狠地凑近3个人,冷不丁地打了蓓琪一巴掌。

明卿小姐大喝一声,又朝向萨拉接着骂:"萨拉,你瞪着我干什么?难道你不觉得自己做错了事吗?还不赶快认错道歉!"

萨拉还是默默地看着校长,一声不吭。

校长恼羞成怒地说:"好,你真不道歉?那么,等着瞧吧!明天我会严厉地处罚你。亚美,还不赶快收拾东西跟我回去!"

校长把装满食物的篮子放在亚美的面前,让她提着,然后拉着她走下楼去。

萨拉像化石般在那里站了许久,那些美丽、梦幻的想象已经完全消失了。

暖炉里的纸屑已经变成黑色的灰烬,桌子上的装饰全都散落在地上。萨拉有气无力地倒在地板上,再也支持不住,全身一点儿力气也没有了。

"如果暖炉里生着炭火该有多好，如果暖炉前面有一张铺有漂亮桌布的餐桌，桌上摆满了热气腾腾而又好吃的食物该有多好……啊，如果这不是幻想，而是真的，那真不知会有多么好呢！"

她喃喃自语，躺在冷冰冰、硬邦邦的床铺上。她想，如果能做一个这样的美梦也不错呀。她一边想着，一边不知不觉地呼呼睡着了。

窗外有一个黑影悄悄地离开了。

萨拉实在是太累了，睡得太沉了，什么声音都不能吵醒她。在蒙眬中，萨拉似乎听见"吧嗒"一声。那是一个身手敏捷的白色身影关上天窗的声音。她想：这大概是风吹动天窗发出的声音吧。这样想着，萨拉翻了个身，想继续睡觉。可就在翻身的时候，她突然有一种奇异的感觉——自己身下的整个床铺似乎柔软异常。

她用手摸了摸，仿佛摸到了又厚又软的毛毯，而且她的的确确摸到了像是鸭绒被的东西。

"我是在做梦吗？这是个好梦，最好这种梦不要醒。"萨拉拼命地闭着眼睛，害怕一睁开眼，这一切都消失了。但是，不久她又听见木炭燃烧所发出的爆裂声，这才缓缓地睁开了眼睛。萨拉的眼睛虽然睁开了，但她以为自己还在梦中。

暖炉里面正燃烧着熊熊的炭火；炉火上面有个小水壶，里面正烧着滚热的茶；地板上铺着红色的绒毯；暖炉前面有一张沙发椅；椅子旁边摆着一张铺着白桌巾的小桌子，桌上陈列着饭碗、小盘子、茶壶和汤匙，还有盖着纱罩的几盘菜……这简直就和萨拉临睡之前幻想的一模一样。

萨拉猛地从床上跳了起来："我是在做梦吗？"她揉了揉眼睛，眼前这些东西还是没有消失。当她向周围看时，她发现床上铺着一条大花羽绒被子，床铺底下还放着漂亮的睡衣、棉衣和绣花的拖鞋。在那张旧桌子上面摆着许多装订得很精美的书籍和一盏粉红色的台灯，那灯光让人感觉温暖得就像春天到来一般。

萨拉感到有点莫名其妙。这些东西真真切切地就在眼前，好像不是梦。那么，这究竟是怎么一回事呢？萨拉走到暖炉前面，伸出手去烤了烤，火焰烫手。

"这是真的火哩！"

她一下跳起来，又用手摸了摸桌子、盘子和地毯等。一切都是真的呀！萨拉把床铺下面的棉衣和毯子拿起来，紧紧地抱在怀里。

"这些也都是真的。多么温暖，多么柔软啊！"

她立刻穿上棉衣和拖鞋——这也是真的！她惊喜地走近旧桌子，拿起最上面的一本书，打开一看，扉页上写着：

这一切，赠送给住在阁楼上的女孩。

你的友人

原来，这些美好的礼物不是梦，而是有人因为怜悯她的悲惨处境，暗中帮助她的呀！

"啊，我是多么高兴呀！虽然我并不知道是哪一位赠送给我的，但是我知道有人在关心我。我又有一位好朋友了！"泪水像小河一样在萨拉消瘦的两颊上流淌着。

多年以来，她渴望着人情的温暖。现在这件事却出乎她意料之外，是何等令她感动呀！

萨拉完全沉醉在欢喜和感激的情绪里。过了一会儿，她擦干眼泪，悄悄地点燃蜡烛，然后到隔壁房间去叫醒蓓琪。蓓琪睡得很熟，脸上还留着泪痕。萨拉用力推她，使劲叫道："蓓琪，快醒醒！"

蓓琪睁开眼睛，在看清眼前的人是萨拉时，惊慌地睁大了眼睛——天哪，站在她面前的萨拉身上穿着美丽的衣服，手里还拿着蜡烛！

"噢，小姐……萨拉公主，你……我不是做梦吧？"

"蓓琪，还有更使你吃惊的事呢！快跟我走！"

蓓琪像是没清醒过来似的，大张着嘴巴跟在萨拉的身后走着。当她踏进萨拉的房间时，她感觉自己已经糊涂了——这里难道是天堂吗？

萨拉完全沉醉在欢喜和感激的情绪里。过了一会儿，她擦干眼泪，悄悄地点燃蜡烛，然后到隔壁房间去叫醒蓓琪。

萨拉摇着蓓琪的肩膀,说:"这都是真的!蓓琪,你吃惊吗?我刚才也以为是在做梦呢!这一切都像是在梦里,但是这并不是梦。每一样东西都是真实的,我都用手摸过了。还有那书上的留言,你看,一定是有个好心人在暗暗地关注我们。"

萨拉觉得自己又要哭了,但她强忍着,拉着惊奇得说不出话来的蓓琪来到炉火旁。

"你看,这火很热哩!这些菜也是真的,我们一起来享用这美好的一餐吧!"

如果你能想象,请想象那天晚上的其余时间她们是怎样度过的吧——她们如何蹲在温暖的炉火旁,品尝着那味浓可口的热汤,还有那足够两人吃的三明治、烤面包片和小松饼。她们真是开心,不但暖和,而且还可以吃得饱饱的。

"我不知道在这世上有谁能做出这样的事来。"她说,"但是,确实有这样的人。我们现在正坐在他送给我们的炉火旁边,而且这全是真的!不论他是谁,不论他在哪儿,反正我又有一个朋友了。蓓琪,那个人是我的朋友!"

当她们坐在熊熊炉火前吃着美味的食品时,她们心里却生出了一种狂喜后的畏惧。于是,她们望着彼此的眼睛,恍惚间带着疑虑。

"小姐,我们赶快吃吧。如果不赶快吃掉,它们说不定就会消失了呢!"

"不会的,你放心吧!"萨拉笑着说。她先倒了一杯热茶,因为只有一个茶杯,所以她们只好轮流喝。

"啊,这茶实在太香了。"

两人此刻已经彻底忘却了刚才的饥饿和寒冷,只觉得非常快活。

"小姐,刚才的'宴会'虽然被明卿小姐破坏掉了,可是这次的'宴会'我们可以好好地享受一下了!地毯和暖炉里的火都是真

蓓琪像是没清醒过来似的,大张着嘴巴跟在萨拉的身后走着。当她踏进萨拉的房间时,她感觉自己已经糊涂了——这里难道是天堂吗?

实的,根本不是幻想。"

"可不是嘛,这一切真让人想不到!"

萨拉不知有多久没吃过这样丰盛而美味的食物了,她几乎要掉下眼泪来。蓓琪也忘掉了一切,只顾吃喝。她们实在都饿坏了呀!一会儿,两人都吃得饱饱的。蓓琪这才松了一口气,看了看四周,说:"小姐,你知道到底是哪位好心人给了我们这些东西吗?"

"我不知道。不过,我相信一定有人在关心我们。他是我们的知心朋友啊!"

"可是这不是很奇怪吗?小姐,在你不知不觉间,他从什么地方把这么多的东西搬进来的呢?"

"我们先不要管这些事。我们只要相信,有个善良的魔法师使我们幸福便够了。"

"是的。"蓓琪看了看室内的情形,又说,"小姐,我绝不会忘记这一切的。即使天亮后,这些东西都消失了,我也相信今天晚上我们确实在这儿进行了一次愉快的聚餐。"

她拍了拍自己的肚子,说:"这里饱饱的,装了许多汤、三明治、火腿和饼干。这些都是千真万确的事实。"

看到蓓琪快乐的样子,萨拉终于禁不住笑了出来,说道:"是的,那是千真万确的,所有的这一切都是真实的。"

不久,当蓓琪要回到自己房间去时,萨拉说:"蓓琪,你等一等。"

她走到床边,取了一条厚厚的毛毯,说:"蓓琪,这个给你,拿去用吧!盖着它睡觉一定会暖和。"

"小姐,这条毛毯要送给我吗?"蓓琪真是喜出望外,紧紧抱住毛毯说,"这毛毯是多么柔软和温暖呀!小姐,这样昂贵的毛毯,我连摸都没有摸过。我应该怎样感谢您才好呢?现在,我能做的只有说谢谢啦!"

蓓琪欢天喜地地回自己的房间睡觉去了。

亚美特意给萨拉送来吃的,却被拉比亚和明卿小姐发现。女孩们不仅没有吃到东西,反而受到了严厉的惩罚。在萨拉最痛苦的时候,居然有好心人按照萨拉临睡前的祷告,带来了精美的食物和家具。萨拉的命运出现转机,让读者看到了一丝希望。故事是多么温馨啊,我们相信善良终会得到回报的。

重获幸福

　　萨拉无意间救了印度仆人的小猴子，并把它还了回去。没想到在与印度绅士谈话后，她发现自己就是那位伯伯苦心寻找的女孩，而那位伯伯就是和父亲一起做生意的朋友。这具体是怎么回事呢？萨拉的命运又将如何呢？

　　早晨，全校的学生和用人都知道了昨天夜里萨拉和蓓琪被明卿小姐痛骂一顿的事——这一定又是拉比亚故意传扬出去的。

　　女佣们原来都以为，不管萨拉的气质如何高贵，她今天肯定会是一副垂头丧气的样子，但眼前的情形却大大出乎人们的意料——萨拉的脸色和昨天比起来真是判若两人。女佣们个个都被弄糊涂了，她们面面相觑，不知道这到底是怎么回事。

　　萨拉走进洗碗间的时候，蓓琪正在擦一把水壶，好像嘴里还哼着一支小曲。她抬头望见萨拉，欣喜地小声说："我醒来时，它还在那儿。小姐，我是说那条毯子，它根本就没有消失。"

　　"是啊，一切都和昨晚一样，那些东西一样都没有消失。我刚才还吃了一些我们昨天没吃完的东西。"

　　"真的吗？那可太好了。"两人相对笑了笑。

　　这时，厨娘进来了，她们赶快闭起嘴巴，装作什么事也没有，继续干活。

教室里，明卿小姐也想看看萨拉今天到底会是怎样的表情，正急切地等候她的出现。哪知大家看见萨拉进来时，不禁都吃了一惊。她竟是神采奕奕、一蹦一跳地走进了教室。

明卿小姐呆住了。对明卿小姐来说，萨拉一直是个让她头疼的难题，因为萨拉面对任何严厉的态度从来都不会哭泣或面露惧色。挨骂时，她总是站在那里低头恭听，脸色庄重；受惩罚时，她面对再多的活儿都一声不吭地干完；不让她吃饭，她也不会抱怨，从不流露出要反抗的意图；她甚至从来没有唐突无礼的答话。这一切都让明卿小姐感到自己经常处于非常被动和愤怒的状况中。

萨拉进门时的样子使她相当震惊。明卿小姐心想：这孩子是由什么做成的?她难道打不垮？这太奇怪了！

她把萨拉叫到讲桌前，严厉地说:"你看来不像是已经认识到自己做了丢脸的事!"

"我没做什么见不得人的事。"

"你太傲慢了！别忘记今天一整天你都不能吃东西呀!"

"是的，我没有忘记。"

萨拉心里想：真应该感谢那位神秘的友人。如果没有那位魔法师朋友，她今天不知会多么难受呢！

明卿小姐觉得非常不服气。她简直不相信世上还会有这样刚强和奇妙的女孩。

可是，还有比明卿小姐更不服气的人，那就是拉比亚。她以为见到了垂头丧气的萨拉以后，她就可以痛快地将萨拉嘲弄一番。但是，她的想法完全错了。

"萨拉这个人真是好奇怪。"她气呼呼地向洁茜说，"看她的表情好像是吃过了一顿丰盛的早餐似的，真是岂有此理。"

"是的，她真的有点异于常人呢。"洁茜偷偷地朝萨拉那边望了望,然后小声地说,"有的时候,我想想还会害怕呢!"

"你真傻。"拉比亚虽然嘴上如此说,但她自己也感到有一种说不出的恐惧。

萨拉似乎完全没有注意到别人的表情和议论,轻松愉快地走进低年级学生的教室,开始教她们法语功课。

看见萨拉精神饱满的样子,最高兴的就是亚美。

对昨晚的事,亚美与拉比亚的感受完全不同。性情善良而温和的亚美只要一想到萨拉一整天都将吃不到任何东西,而这一切都是因她而起的,她就难过得连那胖乎乎的身体似乎都消瘦下去似的。

然而真奇怪,她所见到的萨拉却比以往更快活、更神气。

她想:萨拉真了不起,她一定具有我们所没有的某种伟大的力量。真不愧是萨拉公主!

大约在同一时间,隔壁那位印度绅士的家里很难得地传出了愉快的笑声。拉姆·达斯正在向他的主人报告有趣的消息。

"那么,我们的计划完全成功了吗?"

"是的,一切都进行得非常顺利。安排好一切之后,我一直在那儿看着。不久,那孩子醒了,她望了望室内的情形,还以为是魔法师给她布置的哩!所有的东西都如同她平日幻想中的一样。她高兴得哭了出来。后来,她就把隔壁的女佣请了过来,两人一起用餐。当时,她们那种惊喜和感激的样子简直令人无法形容。"

"那很好,我们只是做了一点点事,就使那不幸的孩子感到无比的快乐,这才是最令人愉快的事呢!"

"是的,我也高兴极了。这都是您给予的恩惠,不但那孩子,就连我也非常感激您。"

"哪里哪里,应该是我向你道谢呢。这都是因为你想出来的好主意,让我有了这个帮助别人的机会,而且还可以借着做些这样的

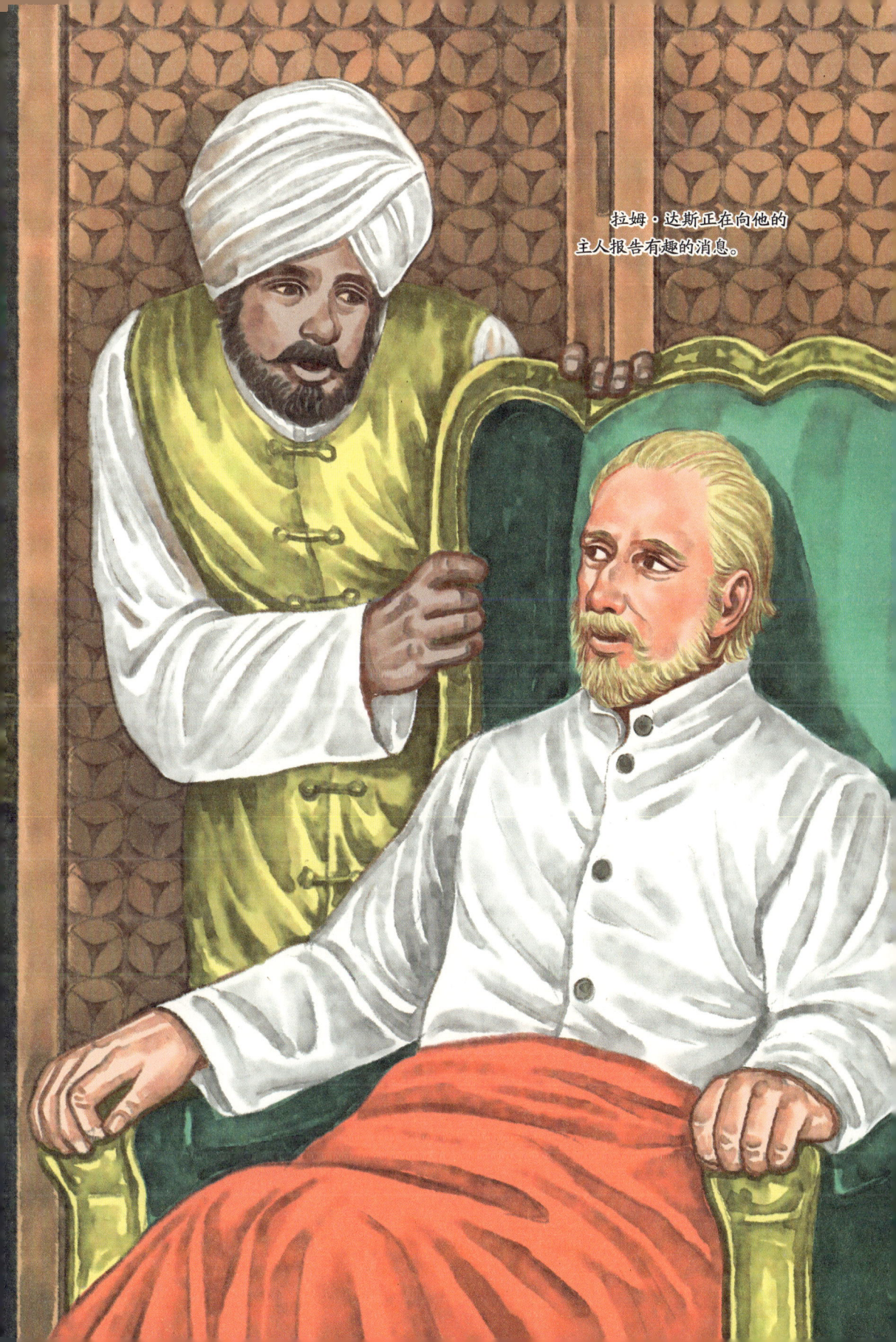

拉姆·达斯正在向他的主人报告有趣的消息。

事来打发无聊的日子。我想，我们这样做也许会得到好的回报，说不定不久之后就能够找到我要寻找的那个孩子……"

"我相信我们一定能找到那位小姐，而且您的身体也一定会很快恢复健康的。"

萨拉考虑了很久，决定把昨夜发生的奇迹作为秘密保守起来，不让其他人知道。她想：那位魔法师也一定希望自己能保守秘密，所以才用了那样奇妙的方法使自己高兴。如果明卿小姐或阿米莉亚小姐到阁楼上来，那可就糟糕了，不过看情形她们大概最近是不会来的。由于发生了昨晚的事情，亚美和洛蒂被明卿小姐盯着，恐怕也不会上来。那么，只要自己和蓓琪不说，这个快乐的秘密就可以保持相当长的一段时间了。

"蓓琪，昨晚的事情千万不能告诉别人啊！"在收拾餐桌的时候，萨拉小声对蓓琪说。

"当然。"

到了傍晚的时候，萨拉站在自己的房间门口，心却跳得很厉害。她想：也许，那美妙的一切又被收回去了，只是借给我用一个晚上而已。我确实是享用了一整个晚上，那绝对不是做梦。

最后，萨拉把心一横，打开门踏进室内，又立即关上了门，背靠住门扉，眼睛飞快地扫视了一下室内的情形。

一定是魔法师又来过了。许多新东西被拿进了阁楼，一改阁楼的旧貌。餐桌上已经摆好了丰盛的晚餐，而且碗、盘子和其他餐具都有两套；壁炉架铺上了美丽的绣花巾，上面还陈列着几样漂亮的装饰品；又脏又破旧的墙壁完全被许多美丽的图画和镜框巧妙地遮盖起来了；木箱子上面盖上了美丽的花毯，上面放了几个棉垫子，可以让人舒服地躺着看书。萨拉心里惊叹着：啊，这一切多像童话里的故事啊！我要什么便会有什么……

萨拉又敲了敲墙,把隔墙的蓓琪叫了过来。

"小姐,"蓓琪一进门便说,"我的床铺全变了样。昨夜在小姐床上的东西,现在都在我那儿呢!"

"噢,真的吗?"萨拉望了望自己的床铺,这才发觉,昨夜那条被子和枕头全没有了,一床新的厚被子和大羽绒枕头正摆放在自己的床上。

萨拉感叹地说:"哇,太奇妙啦!"

现在这个床铺变得多么舒服啊!

"小姐,这一切究竟是从哪里来的?又是谁送来的呢?"

啊,这一切多像童话里的故事啊!

"蓓琪，这事我们不需要问。我认为不知道更有趣呢！我想，他也一定不愿意让我们知道。不过，至少我希望能向他道谢。"

两人又高高兴兴地围着餐桌用起晚餐来。这次，蓓琪用自己的茶杯喝着香甜的红茶，心里十分高兴。啊，生活变得如此迷人！

从那时起，生活开始变得越来越奇妙，几乎每天都有新的事情发生。萨拉每天晚上开门都会发现一些新的令人舒适的东西或装饰品。隔了一段时间之后，那阁楼成为一个美丽的小房间，放满了各种新奇豪华的物品。丑陋的四壁全部盖满了图画和帷幔，精巧的折叠家具出现了，悬挂在墙上的书架上放满了书。萨拉早晨下楼时，把晚餐吃剩的东西留在桌上，等她晚上回阁楼时，那魔法师已把它们撤去，留下一顿美餐。

明卿小姐一如既往地苛刻而又好欺侮他人，用人们粗鲁又蛮横。不论天气好坏，萨拉都会被打发出去跑腿，挨着骂被呼来唤去；她不被允许同亚美和洛蒂说话；有几个姑娘还会嘲笑她的衣服越来越破烂……可对她来说，这有什么大不了？她只要想到那阁楼上的小屋，这些痛苦和委屈就都变得渺小起来。

萨拉所享受的舒适与幸福使她渐渐强壮起来，这一切使她总能有所盼望。她知道爬上楼以后有一个温暖可爱的幸福世界在等着她。不久以后，她的双颊泛出了红晕，整个人显得不那么瘦了，出落得亭亭玉立。

"萨拉看上去气色好得出奇。"明卿小姐对她妹妹说。

"是啊，"阿米莉亚小姐回答，"她肯定是胖起来了。她原先像只挨饿的小乌鸦。"

"挨饿？"明卿小姐生气地叫道，"谁说她在挨饿！她一直都吃得饱饱的！"

"当……当然。"阿米莉亚发现自己又像往常那样说错了话。

"萨拉身上的那种神气可真叫人讨厌啊!其他孩子要是经受了她的那些变故,肯定会变得谦卑沮丧、精神崩溃。但是,她看起来一点儿也没被压垮,就好像她是位落难公主似的。"

这一天,又发生了一件很令人惊讶的事情。邮差送了几个邮包来,当萨拉把其中最大的一包放在会客室的桌子上时,她惊呆了。

这时候,明卿小姐正好走进来。她一看到萨拉愣在那儿,就很不高兴地说:"萨拉,你在那儿干什么?还不赶快按着收件人的名字把它们送出去?"

萨拉沉静地说:"可是,这好像是寄给我的啊!"

萨拉早晨下楼时,把晚餐吃剩的东西留在桌上,等她晚上回阁楼时,那魔法师已把它们撤去,留下一顿美餐。

"什么？"明卿小姐吃了一惊，走过去仔细一看，上面果然写的是"赠给阁楼右边房间的女孩"。

"我不知道它是从哪里寄来的，但是阁楼右边的房间正是我的房间啊！"萨拉说。

萨拉打开包裹，里面竟然是一套非常美丽的衣裳。此外，还有衬衣、衬裙、皮鞋、袜子、手套和帽子、雨伞等，它们全部都是上等的名贵东西。在上衣的口袋里，她还发现了一张纸条，上面写着："请你尽量地穿，如果穿脏了、穿破了，随时都会给你换新的。"

明卿小姐看了这些，立即感觉到：在萨拉的身上一定发生了什么奇妙的事。也许，还有哪位她不知道的亲戚刚刚找到这孩子的住处，就用这种奇特的方式要使她重新幸福。这样看来，一定不能再像以前那样虐待她了。

明卿小姐突然用自从萨拉父亲去世以后从未有过的口吻对萨拉说："萨拉小姐，这一定是个好心肠的人送给你的。人家既然送来了，我看你就赶快把那些新衣裳换上吧！然后，请马上到教室里来上课。从今天起，你也不用再到厨房里帮忙了，你需要继续学习。"

当萨拉换好了衣裳走进教室时，大家惊讶得说不出话来。

"啊，怎么回事？真把我吓了一跳！"洁茜用手臂碰了碰拉比亚，问，"她又变回以前的萨拉公主了？"

"大概钻石矿又出现了吧！"拉比亚用讥讽的语气说。

拉比亚真的很纳闷：发生了什么事？她怎么会又变成以前的……

"萨拉小姐，请你坐到这边来。"校长指的正是萨拉以前所坐的那个座位。

拉比亚的脸色变了。其他的学生也都瞪大了眼睛,望望萨拉,又望望校长,惊奇得合不拢嘴。

萨拉缓缓地走到那个位置旁边,既不畏怯,也没有一点得意的样子。她只是静静地在那个位子上坐下,低着头开始阅读自己的书。

当天晚上,萨拉回到自己的房间。晚餐过后,她坐在椅子上,望着炉火,默默地沉思着。

她在考虑应该怎样做才能报答那位仁慈的友人。忽然,她注意到桌子上那个昨天晚上才送来的文具盒。

明卿小姐看了这些,立即感觉到:在萨拉的身上一定发生了什么奇妙的事。

"咦，我怎么没有发现呢？我可以写封信放在桌上。这样，当他白天来收拾餐具时，他一定会发现这封信的。"

想到这儿，萨拉非常高兴，立刻提起笔来写了一封信。

使我变得这样幸福却至今还没有见面的朋友：

我想您自己一定希望我能保守秘密，然而我却冒昧地给您写信，请您原谅我的冒失。

因为您的仁慈，我好像生活在童话的世界里，这一切都使我非常感激，所以我不能不表示我真诚的谢意。

以前，我们总是不得不忍受着寒冷和饥饿。现在，由于您的关照，我和隔壁房间的女孩都得到了无比的温暖和无限的幸福。

我永远不会忘记您的恩惠，诚恳地谢谢您！

阁楼里的少女

第二天，她们发现那封信已经和别的东西一起被带走了。萨拉相信，信一定到了那位好心人手里。想到这些，她觉得非常快活。

当天夜里很寒冷，从黄昏的时候就开始下起雪来。她和蓓琪吃完晚饭以后，便坐在暖炉前面取暖谈天。忽然，她们听见天窗外面传来声音。萨拉停止讲话，抬头朝那里望去。

"小姐，那里好像有什么东西。"

萨拉站在椅子上，轻轻地打开了天窗。

她伸出头往外张望，果然发现黑暗处有一只小动物。它蹲在积雪的窗外，冻得全身颤抖。

"啊，果然是那只小猴子。它大概是从隔壁的阁楼里跑出来了，看见这儿的灯光，所以跑过来了。"

萨拉伸出一只手，就用平日对麻雀和老鼠说话的那种语气，温柔地说:"小猴子,请你进来暖和一下吧!不用害怕,屋子里很暖和呢!"

小猴子大概明白了萨拉的意思。它稍微犹豫了一会儿,然后轻轻地靠近萨拉的右手。

"好孩子,好孩子,请你进来吧!"

萨拉将小猴子抱在怀里,小猴子也把冰冷的身体紧贴在萨拉的胸前,还友善地摸了摸她的头发,那一对又小又亮的眼睛一直楚楚可怜地望着萨拉的脸。

临睡的时候,萨拉在床铺底下给它做了一个温暖而舒适的窝。这只小猴子似乎非常喜欢自己的这个窝,像一个婴儿似的乖乖地趴在里面,一会儿便睡着了。

萨拉的生活终于发生了变化。在邻居的默默帮助下,萨拉那些苦中作乐的幻想都变成了现实。可贵的是,她并没有偷偷将这些美好的东西藏起来独自占有,而是马上叫来了好朋友蓓琪并与她分享。

永远的小公主

　　加里斯福特先生费尽千辛万苦寻找的女孩终于找到了，而且现在正站在他的眼前。这孩子就住在隔壁的房子里。这是多么奇妙而又不可思议的事呀……

　　第二天下午，"大家庭"的主人回来了。他告诉加里斯福特先生，那个孩子并不是他们要找寻的那个小姐。加里斯福特先生一下子感到失望极了，半天都说不出话来。

　　他想：这茫茫人海该从何处下手呢？萨拉到底在哪里呢？

　　这时，拉姆·达斯轻轻地走进来，说："先生，昨天晚上我们的小猴子跑到外面去了，被隔壁那个可怜的女孩抱进了她的屋子里，今天她亲自把它送回来了。"

　　"很好，你快去请她进来吧！"

　　"是。"拉姆·达斯快活地跑了出去。萨拉抱着小猴子走进房间。那猴子依偎在萨拉的怀里，很亲热的样子。

　　"先生，就是这个女孩。"拉姆·达斯说。

　　萨拉很有礼貌地向两位先生行了一个鞠躬礼，然后用甜美的声音说："先生，您好。昨天晚上，这只小猴子又跑到我的窗边去了。因为外面实在太冷了，所以我把它抱进了我的房间。天太晚

加里斯福特先生微笑着点点头,说:"噢,那太感谢你了。请你到这边来坐。"

了，我想不便打扰，所以现在才送它回来，希望您能原谅。"

加里斯福特先生微笑着点点头，说："噢，那太感谢你了。请你到这边来坐。快给小姐倒杯茶，再拿些点心来。"

萨拉向站在门口的拉姆·达斯看看。"我是不是把猴子交给拉姆·达斯？"她问。"你怎么知道他叫拉姆·达斯？"加里斯福特先生微笑着问她。"哦，我见过他，"萨拉说着，把那只很不情愿离开她的猴子递了过去，"我是在印度出生的，所以我可以和拉姆·达斯说话。"

印度绅士突然坐直身子，表情变得很严肃，这使萨拉吃了一惊。"你出生在印度，是吗？"他伸出一只手，问，"你就住在隔壁？"

"是的。"

"可你不是那里的学生？"

萨拉脸上流露出一丝古怪的微笑。她犹豫了片刻才回答："我也不知道我算什么。起初，我是一个享受特殊待遇的学生，但后来我就成了一个用人、老师，现在校长又让我继续学习。"

"帮我问问她，"加里斯福特先生说着，似乎已筋疲力尽了，"问问她，我受不了了。"

"大家庭"的主人非常擅长提问题，他知道该怎样问下去。"你说的'起初'是什么意思，我的孩子？"他询问道。

"那是我爸爸当初带我来这儿的时候。"

"你爸爸现在在哪儿呢？"

"他死了，"萨拉很沉静地说，"他失去了所有的钱，一点也没给我留下。没有人来照料我或者付钱给校长。"

"天哪！"印度绅士高声喊道，"所以她就把你打发到阁楼上，并把你当作一个用人。大致是这么回事，是吗？"

"是的。"

"你父亲是怎样失去他的钱财的?"印度绅士上气不接下气地插话道。

"不是他自己丢掉的,"萨拉回答,"他有一位很要好的朋友,正是这位朋友拿走了他的钱。他太相信这位朋友了。"

印度绅士的呼吸更急促了。"那位朋友可能并不是有意的,"他说,"事情可能是一个误会。"

萨拉不知道自己回答时那平静的童声听起来是多么冷酷无情。如果她知道了,肯定会为了印度绅士而把声音放得柔和些。

"那又有什么区别呢?我爸爸忍受了那么多苦难,最后离开了我。"萨拉伤心地说。

"你爸爸叫什么名字?"印度绅士说,"告诉我。"

"他是克鲁上尉。他死在印度。"

印度绅士那张憔悴的脸抽搐着,拉姆·达斯一纵身跳到他主人的身边。"上帝啊,"那病人喘着气说,"正是那个孩子……那个孩子。"萨拉一时以为他就要死去了。拉姆·达斯从一只瓶子中倒出些药水,送到他唇边。"大家庭"的主人以为他的病出现了什么不妙的情况,连忙跑过来扶着他。萨拉站在近旁,微微战栗着。她想:这位伯伯怎么啦?是不是自己说错了什么话,冒犯了他?

"啊,那么,你的名字呢?"

"萨拉·克鲁。"

"就是她!"加里斯福特激动得几乎说不出话来,好半天才说道:"就是她!正是这个女孩,没错,绝对没错!"他费尽千辛万苦寻找的女孩子,终于找到了,而且现在正站在他的眼前。这孩子就住在隔壁的房子里,更巧的是,原来自己早就私下里一直帮助着她呢!啊,这是多么奇妙而又不可思议的事呀!

然而,萨拉却并不知道其中的缘故,她看见这位印度绅士失常的样子，畏怯地抬头望了望"大家庭"的主人，问道："请问伯伯，我是不是说错了什么话？"

"大家庭"的主人也兴奋得喘不过气来。他镇定了一下，郑重地说："小姐，请不要惊慌。我告诉你吧！这位就是你父亲的那个'坏朋友'。"

"什么？"

"这一年以来，我们不知费了多少精力到处寻找你的踪迹。为了找你，我还不远万里跑到莫斯科去，今天刚回来。我们把巴黎所有的学校都找遍了！"萨拉不禁握紧椅背，全身颤抖不止。她像在做梦似的，讷讷地说道："但是……但是我却一点儿都不知道。一

萨拉不禁握紧椅背，全身颤抖不止。她像在做梦似的，讷讷地说道："但是……但是我却一点儿都不知道。一年以来，我一直住在那阁楼里忍受着生活的不幸……"

年以来,我一直住在那阁楼里忍受着生活的不幸……"

一连串事情发生得太离奇、太突然了。萨拉和印度绅士一点准备也没有,一下子都被惊得茫然不知所措,觉得好像在梦中一样。尤其是加里斯福特先生,突然的惊喜使他的病情好像都恶化了。

过了一会儿,萨拉恢复了平静,她心里交织着悲伤和疑惑。

"你带小姐到别的房间去吧,把一切的经过和情形详细地告诉她,因为加里斯福特先生太疲倦了。""大家庭"的男主人对他的夫人说。

"好的,那样也好。小姐,请随我到那边的房间去吧,我会慢慢地将一切告诉你。"萨拉跟着"大家庭"的女主人到另一个房

萨拉跟着"大家庭"的女主人到另一个房间去。

间去。坐定以后，夫人叹了一口气，说："唉，真可怜，你并不知道事情的真实情况，所以也难怪你会这样想。我告诉你真实的情形吧！加里斯福特先生绝不是一个坏人，也没有欺骗你的父亲，那个钻石矿事业最后成功了。"

"可是爸爸却认为失败了。"

"是的，就连加里斯福特先生当时也判断错了。所以，他也以为事业已经没有希望了。在你爸爸患病的时候，加里斯福特先生在旅途中得了和你爸爸一样的热病，差点儿就死掉了。当他的病情稍稍好转以后，他就赶了回来。可是，那时候你爸爸已经去世了。"

"那么，那位先生不知道我在哪里，是吗？"

"是的。起初，他一直以为你在巴黎求学，而且又没有任何确切的线索，经常被许多不同的线索所迷惑，所以虽然尽了最大的努力，他还是没能找到你。他时常看到你从他家的门前经过，看到你的样子觉得很可怜。但是，他做梦也不会想到，你就是他苦心寻找的人呢！他非常同情你的处境，很想使你快乐，所以他就让拉姆·达斯不断地将许多东西送到你的房间里去。"

"啊！"萨拉几乎从椅子上跳起来。她的大眼睛眨了又眨，"那些东西都是拉姆·达斯送去的吗？是那位先生吩咐拉姆·达斯送去的，是吗？难道使我变得那样幸福的，是加里斯福特先生？"

"是的，是的。他因为整日在替不知踪迹的'萨拉·克鲁'担忧，所以也就更同情你的处境了。"

啊，原来是这样！原来印度绅士就是那位"看不见的友人"，就是他让自己和蓓琪得到了无限的幸福和快乐呀！明白了这一切以后，萨拉对印度绅士的担忧和对爸爸那位"坏朋友"的猜忌立刻像晨雾般消散了。萨拉的心中已经像雨后的天空一般晴朗了。

按照加里斯福特先生的意见，萨拉决定不再回到明卿小姐高级私立女子学校去了，明天由"大家庭"的主人代表加里斯福特先生去学校，通过和明卿小姐谈判解决一切问题。

当天晚上，在学校里，学生们聚集在活动室的暖炉前闲谈着。这时，亚美拿着一封信走了进来。她那圆圆的脸上有着一种非常奇妙的表情。"怎么啦？看你那个怪样子。"两三个人不约而同地这样问她。

"我刚刚收到萨拉小姐的信。"

"萨拉小姐来信了？"

"她现在在哪里？"

亚美说："就在隔壁那位印度绅士的家里呀。"

"哇！"大家一起叫喊道。

"那么，萨拉是被赶走了？"

"是不是明卿小姐把她赶走了？"

"为什么她会到隔壁去呢？"

"赶快把详细情形告诉我们吧！"

大家七嘴八舌地问个不停，吵得亚美简直都糊涂了。过了半晌，她才慢慢地向大家说明事情的始末。

"她父亲的钻石矿事业成功了，真的成功了！"

大家听得目瞪口呆，惊讶地望着亚美。

"他们的事业本来已经快成功了，然而因为加里斯福特先生的判断错误……"

"谁是加里斯福特先生呀？"洁茜插嘴问道。

"就是那位印度绅士，也就是隔壁那幢房子的主人呀！他以为他们的事业完全失败了，萨拉的父亲也是那样想的。萨拉的父亲得病去世的时候还不知道事情的真相。那位加里斯福特先生当时也得了热病，差点离开人世。后来，他发现其实钻石矿事业并没有失败，他们的矿山里藏有几十万、几百万的金刚石。而这些财富中，有一半是属于萨拉小姐的，可是他却不知道萨拉小姐在什么地方。于是，他到各地寻找，而萨拉小姐却一直在我们这儿受苦。今天，加里斯福特先生终于找到了她，立刻就把她带走了。萨拉小姐以后也许不会再回来了，她将变成比以前还要高贵的公主啦！"

亚美刚说罢，活动室里马上又响起一阵惊叹声。人人都在谈论萨拉的事，连明卿小姐也无法使她们安静下来。

拉比亚再也装不出毫不在乎的样子了。大家都忘了起居规则，逗留在活动室里轮流将萨拉的来信看了一遍，一直谈到深夜才散去。

大家七嘴八舌地问个不停，吵得亚美简直都糊涂了。过了半晌，她才慢慢地向大家说明事情的始末。

信的内容远比萨拉的幻想更离奇、更曲折。而且，故事就发生在大家的身边，里面的主角就是萨拉和隔壁的印度绅士，所以这个故事更富有魅力了。少女们都觉得自己也成了故事中的人物，大家的心情都激动起来，兴高采烈地闹个不停。

风声立刻传到了用人们的耳朵里。厨房里面的人现在谈论的唯一话题便是有关萨拉的事。

蓓琪也知道了一切。她衷心地想：啊，真好。萨拉小姐又变成幸福的公主了。真是好极了！不过，她一想起今后的自己可能又要孤零零的了，就又感到难过起来，眼泪似乎都要流出来了。她比平常更早地回到阁楼上去了。

蓓琪希望再看一看那个"魔法小屋"。她边走边想：现在，阁楼里面的炉火恐怕已经熄灭了吧？温馨的粉红色台灯和丰盛的晚餐恐怕也不会再有了。阁楼里面也不会再有那位时常给她讲故事和安慰她的"小公主"了。啊，那位温柔仁慈的"萨拉公主"，她走了，蓓琪该多么孤单啊……

蓓琪强忍住眼泪，推开了房门。屋里的一切立刻使她惊奇得不觉喊出声音来。

原来，烛光照得全室通明，炉火熊熊地燃烧着，小桌子上已经摆好了丰盛的晚餐。而且，拉姆·达斯微笑着站在那儿。

"小姐很关心你的事，她对我的主人提起了你的遭遇。萨拉小姐希望把她的幸福和你一起分享。请你看看桌子上的信吧！那是小姐写给你的，她实在不希望你一个人寂寞悲伤地住在这里。我的主人说，明天将邀请你去参加小姐的聚会。从明天开始，小姐还要你陪伴她哩！今晚，我还得把这些东西再从天窗搬回去。"

蓓琪听了，感动得不知该说些什么才好。拉姆·达斯说罢，向蓓琪行了一个举手礼，然后敏捷地从天窗跳了出去。蓓琪这才明白，原来他有这样的本事,难怪他能很容易地把这么多东西从天窗搬运进来。

萨拉终于又回到了往昔那种公主般的生活中去。经过这段时间的艰苦磨炼,她变得更加坚强、更加高尚了。她现在的生活比父亲克鲁上尉在世的时候更加豪华、富贵。

她和印度绅士很快便成了好朋友,两个人谈得非常投机。和他在一起的时候,萨拉仿佛觉得是在自己父亲身边似的。

印度绅士原本虚弱的身体也一天比一天健康起来。他好像是变了一个人似的,整天都轻松、愉快。

一天晚上,外面大雨滂沱。萨拉坐在火炉前面,望着熊熊的炉火,很久都没有动一下。

烛光照得全室通明,炉火熊熊地燃烧着,小桌子上已经摆好了丰盛的晚餐。而且,拉姆·达斯微笑着站在那儿。

加里斯福特先生发觉她在沉思,便温柔地问道:"萨拉,你在想什么呢?"

萨拉的脸上浮上一层红晕,说:"伯伯,我正在回忆着一件事。我想起曾经有一次,我非常饥饿,就在那一天,我遇见了一个很可怜的孩子。"

"那段日子里,你不是天天都在挨饿吗?"加里斯福特先生用怜悯的语气问,"那到底是哪一天呢?"

"噢,我还没有告诉您呢,那就是我的幻想变成现实的那天。"

萨拉便开始述说,从她在面包店前面的水沟里捡到一枚银币

"伯伯,我正在回忆着一件事。我想起曾经有一次,我非常饥饿,就在那一天,我遇见了一个很可怜的孩子。"

开始,说到在面包店的门口遇见的一个比自己更可怜、更饥饿的孩子,她用捡到的钱买了6个面包,把其中的5个送给那个孩子吃。

加里斯福特先生难过得几乎听不下去了。他低下头,闭起了眼睛。

"……所以,我刚才在幻想,我应该为那样的人更多地做一些事情。"

"你想做些什么事呢?只要你高兴,什么事情都可以做呀!"

萨拉犹豫了一下,便说:"……嗯……伯伯,你不是说过,我现在有很多钱吗?所以,我想去那个面包店的太太那里,告诉她,以后如果再碰到像当时那样饥饿可怜的孩子在门口张望或坐在门前的话,就请她把他们叫进店里去,把面包送给那些可怜的孩子,让他们尽量吃个饱。然后,请她将账单送到我这儿来,我将照数付钱给她。伯伯,我这样做可以吗?"

"当然可以。萨拉,你的心地真是太善良了!你明天早晨就去做吧!"

"真的吗?我真高兴。这才像是真正的公主啊,可以帮助那些穷苦的人了。"

次日早晨,雨还是下个不停。萨拉带着蓓琪坐上了一辆美丽的马车,马车朝街上那家面包店驶去。

当两个人走下马车的时候,正巧那位胖太太像上次那样端着一大盘刚出炉的甜面包往橱窗里放。

萨拉走进店里时,胖太太回过头来看萨拉。她好像吃了一惊,凝视着萨拉的脸孔,有些不太相信自己的眼睛。过了一会儿,她便会心地微笑起来。

"噢,想起来了,原来你就是上次那个……"

"是的,太太。上次真是太谢谢您了。"萨拉微笑着回答。

"果然,你就是上一次那位小姐呀!谢天谢地,你现在完全变了样子,看起来十分高贵!"

胖太太望着萨拉,就像在为自己的事情由衷地感到高兴。

"是的。我现在变得很幸福了。今天,我特地来求您一件事。"

"请求我吗,小姐?"女店主惊呼道,乐滋滋地微笑着,"好吧,小姐。我能做点什么呢?"

于是,萨拉倚着柜台,谈起那些天气恶劣的日子、那个挨饿的流浪儿以及那些热的圆面包,然后提出自己的小建议。

胖太太注视着她,听着她的话,脸上显出惊讶的表情。

"哦,我的天哪!我很乐意这样做。我是个自食其力的女人,光靠自己是没有能力做很多事的。自从那个多雨的下午以来,我已送掉了不少面包。这都是因为我一直想着你。你当时又湿又冷,一副很饥饿的样子,但却像公主一样把你的甜面包送给别人。"

胖太太说着不由自主地笑了,萨拉也微微一笑,记起了自己把那些甜面包送给那个饥饿孩子时的情景。

"她看上去很饿,甚至比我还饿。"她说。

"她饿得要命。从那以后她跟我说过很多次,说她湿淋淋地坐在地上,饿得五脏六腑像被狼撕扯着似的。"胖太太说。

"哦,从那以后您还见过她?您知道她在哪里吗?"萨拉说。

"是的,我知道,"胖太太笑得比以前更和善了。"哦,她就在那后厅里。她到这儿已经有一个月了。她会成为一个善良体面的姑娘,在店里和厨房里都是我的好帮手。"

胖太太走到那间小后厅的门口,对里面说了几句话,一分钟后,一个姑娘走了出来。她的确是那个要饭的孩子,现在的她穿戴得干净整齐,看起来已没有再挨饿了。她面带羞涩,但脸蛋长得很好看。她现在已不再是个野孩子了,眼睛里那股野气也已消失了。

她一下子就认出了萨拉，站在那里望着她，好像永远也看不够。

"你知道吧，我盼咐她饿了就来。等她来了，我就让她做点零活。我发现她很乐意这样，不知怎的我开始喜欢她。结果呢，我给了她一份工作和一个家，而她做我的帮手，很守规矩，是个十分知道感恩的小姑娘。她名叫'安妮'。"胖太太说。

两个孩子站在原地，互相对视了几分钟，然后萨拉从皮手筒中抽出手，从柜台上伸过去，安妮握住了，彼此直视着对方的眼睛。

"你能在这儿做事，我真高兴。你大概很喜欢这里。"萨拉说。

"是的，小姐。"安妮说。

她们没有太多的话，但彼此心里都在为对方祝福。

萨拉走出面包店，登上马车。

胖太太和安妮目送马车驶向远方，直到在视线中消失……

本章是《小公主》的完结篇，主要人物都有了自己的完美结局。萨拉在父亲朋友的呵护下，离开了明卿小姐的学校，回归了小姐的身份；蓓琪也可以继续留在萨拉身边，不用再被欺凌；就连有过一面之缘的小乞丐安妮也被面包店的老板娘收留……大团圆的结局是读者喜闻乐见的一种形式，它能引导我们和萨拉一样内心向善，努力变得更加坚强。